80 MIGLIA

ISBN 978-88-6656-260-3

www.edizioniel.com

Antonio Ferrara

80 MIGLIA

Einaudi Ragazzi

La speranza è il rischio da correre.
È addirittura il rischio dei rischi.

Georges Bernanos

Stai attento quando parli, perché le tue parole
creano un mondo intorno a te.

Proverbio Navajo

A Fabrizio, che con le locomotive ci parla,
e a tutti i corpi di bambini, donne, uomini e bufali
sui quali la ferrovia è passata.

Capitolo 1

Mi piaceva perché era spiritoso, Joe. Parlava, parlava, si divertiva, a parlare. Le cose al saloon te le diceva sempre in quel suo modo strano. Io avevo tredici anni e una gran voglia di scappare di casa, e quando lui si toglieva il cappello, lo appoggiava sul bancone e attaccava a raccontare, gli morivo dietro. Quando per bere smetteva di parlare, non vedevo l'ora che ricominciasse. Al pomeriggio mettevo la biada ai cavalli e poi correvo in paese per andarlo a sentire al saloon. Ero l'unico ragazzo, là dentro. Mi piaceva stare in mezzo agli operai della ferrovia, perché il treno era la mia passione. Ero contento che a Nadine stessero costruendo la stazione. Una volta restai ad ascoltarlo tutto il pomeriggio, Joe, e per sentirlo mi imbambolai e dimenticai di strigliare i cavalli e di dargli la biada. Mio padre al ritorno me le suonò di brutto, quella volta, e forse un po' fu anche per via del fatto che prima di andarmene al saloon avevo messo un fiore di cardo tutto spine sotto la sella di Blacky, per vedere cosa faceva e, quando mio padre gli era saltato in groppa, Blacky era schizzato via come una freccia nel cortile e poi di colpo aveva puntato le zampe anteriori, si era fermato davanti al mucchio di letame e aveva scaraventato mio padre a faccia in giú in quella roba puzzolente.

Forse per questo le presi.
Mi sa di sí.
Però ero contento.
Anche se le presi, pensai che ne era valsa la pena.
Di andare al saloon, voglio dire, non di aver buttato mio padre nel letame.
Joe quel pomeriggio raccontò di un posto fantastico, lo raccontò preciso che ti sembrava d'esserci stato pure tu. Aveva questo di bello Joe, che con le parole ti faceva vedere il paradiso, te lo spiegava guardandoti negli occhi e parlandoti come uno che c'era stato e te lo voleva raccontare. Ti guardava fisso, mentre parlava, e gli occhi erano neri neri, di un nero calmo e pensieroso.
Aveva uno strano tic: mentre parlava, ogni tanto con l'indice destro scivolava dall'interno dell'occhio e scendeva fino all'angolo della bocca, come se il dito seguisse il percorso di una lacrima. E ne aveva pure un altro, di tic: quand'era un po' nervoso spingeva le labbra in fuori con la bocca chiusa, come se dovesse dare un bacio a qualcuno.
– Perché fai cosí, Joe? – gli chiesi una volta che eravamo soli.
– Cosí come?
– Col dito e con la bocca, voglio dire.
– Non lo faccio apposta, Billy, viene per conto suo.

Capitolo 2

Rimase in paese per un po', Joe, il tempo che durò il cantiere della ferrovia, e ogni pomeriggio era là al saloon che parlava, e c'ero sempre anch'io, al saloon. Quando raccontava, prima sparava una battuta e ti faceva ridere, e poi faceva la faccia seria e ti diceva che ottanta miglia a ovest c'erano posti ricchi d'acqua e campi tutti verdi, che se ti andava ci potevi far crescere quello che volevi. Una volta disse che ottanta miglia verso ovest c'era un posto che, se per terra gettavi un seme, il giorno dopo al posto del seme c'era una pianta alta quanto un bambino. E quando disse questa cosa qua, tutti rimasero di sasso e spalancarono la bocca, e solo a un tavolo c'era uno seduto col bicchiere davanti che rideva e scuoteva la testa, come per dire stai scherzando, amico, stai scherzando, queste sono balle che nessuno se le beve. Allora Joe lo guardò, lasciò il cappello e il bicchiere sul bancone e con la faccia seria seria si diresse verso il tavolo del tipo che non ci credeva, e mentre andava s'infilò la mano nella tasca, e il tipo allora fermò la testa e mise la mano sul calcio della sua pistola.

Il barista smise di asciugare i bicchieri, la gente intorno smise di bere, di giocare a carte e di fumare, e nessuno parlava, nes-

suno respirava, e nel silenzio che si era fatto si sentivano solo i passi di Joe sulle assi del pavimento che scricchiolavano.
Joe arrivò di fronte al tipo, era in piedi davanti al tipo e lo guardava dall'alto.
Lo squadrava, voglio dire.
E pure il tipo squadrava Joe.
Poi di scatto Joe tirò fuori la mano dalla tasca e aprí le dita, e nella mano c'era una specie di stoffa bianca appallottolata.
Joe la lanciò sul tavolo.
– Guarda! – disse ad alta voce. – Guarda! – E la stoffa si aprí, ed era un fazzoletto bianco con dentro della terra nera nera, cosí nera che sembrava pece.
Il tipo la guardò, la toccò con le dita, la annusò, se la portò alle labbra, se la mise sotto i denti, la assaggiò con la lingua e poi guardò Joe da sotto in su e fece sí, sí con la testa, come per dire questa sí che è terra buona, scusa, amico, hai ragione.
Allora la gente tirò il fiato e Joe sorrise, girò sui tacchi e tornò al banco, e dopo aver bevuto un goccio prese di nuovo a raccontare, e disse che in una prateria, a ottanta miglia da lí, c'erano cavalli selvaggi cosí docili che li catturavi con un fischio, perché morivano dalla voglia che uno gli mettesse le briglie e la sella sul groppone.

Capitolo 3

Il giorno che il cantiere chiuse stavamo tutti e due seduti su una pila di traversine di legno, uno accanto all'altro, a guardare gli operai della ferrovia che sistemavano le ultime cose, e Joe masticava tabacco a tutto andare, le mascelle erano due stantuffi.

– Domani me ne vado, Billy, – fece, e poi riprese a masticare.

– Come, te ne vai?

– Me ne vado a ovest.

– A far che?

– A lavorare.

– A lavorare, tu?

Mi guardò con quei suoi occhi neri.

– Sí. Perché, è cosí strano?

– Non ti ho mai visto lavorare, Joe.

– Be', adesso lavoro.

Riprese a masticare e a guardare gli operai. Con la bocca fece il tic del bacio.

– Posso venire con te, Joe?

– Te lo scordi.

Silenzio.

Stavamo tutti e due zitti, guardavamo fisso una pozzanghera

d'acqua sporca a pochi passi da noi, incantati. Restammo cosí per un bel po', poi Joe sputò il tabacco nella pozzanghera e il tabacco fece *plof*. Il *plof* ebbe il potere di risvegliarmi.
– Perché non posso venire, Joe? – ricominciai.
– Perché sei piccolo.
Silenzio.
Tornammo a guardare la pozzanghera, e c'era dentro il cielo e un pezzo di nuvola, ma ogni tanto Joe alzava la testa e guardava gli operai al lavoro. Erano tutti là a darsi da fare, perché il giorno dopo il cantiere si spostava a ovest. Avevano già messo giú le rotaie alla stazione del villaggio successivo. Il villaggio si chiamava Hopeville, era sorto da poco e ancora non aveva una vera stazione. Ci stavano lavorando, ecco. A un certo punto Joe tirò fuori dalla tasca una tabacchiera d'argento che non gli avevo visto mai, e che subito brillò al sole, la aprí, strinse tra pollice e indice una presa di tabacco e se la infilò sotto la lingua.
– Ti prego, Joe, ti darei una mano col lavoro, potrei...
– Non se ne parla proprio, ti dico. Discorso chiuso, basta.
Fece due volte quella cosa del bacio, tornò a guardare gli operai e ad ascoltare i loro discorsi, e quando loro ridevano, rideva pure lui. Lo guardai come se di colpo fosse uno che non conoscevo, mentre sentivo un tappo di sughero in fondo alla gola che non saliva e non scendeva e gli occhi che mi si riempivano di spilli. E lui neppure mi guardava, masticava e guardava gli operai del cantiere, che con le tenaglie dai manici lunghi stringevano i bulloni sulle traverse di legno per tenere insieme le due rotaie d'acciaio lucente. Conoscevo

con precisione la distanza tra le due rotaie: quattro piedi e otto pollici e mezzo. Gli operai lavoravano sodo, sudavano sotto il sole, costruivano un miglio di binari al giorno. Joe li guardava e poi girava la testa e guardava in fondo all'orizzonte, verso ovest, dove si vedevano solo erba, cespugli, pietre e prateria.

Capitolo 4

Mi alzai e me ne tornai a casa sconsolato e, quando arrivai, mio padre appena mi vide mi corse dietro col forcone, perché si era accorto che avevo chiuso mio fratello nella porcilaia. Ma io l'avevo chiuso perché lui, Tom, mentre dormivo sull'amaca, mi aveva acceso un fuoco proprio sotto il culo, che a momenti mi rosolava per bene. Cosí lo chiusi nella porcilaia. Un fratello maggiore deve pur difendersi, no? Ma mio padre non volle sentire le mie ragioni, che lui, si sa, teneva sempre per il suo piccolino, e cosí le chiappe che avevo salvato dal fuoco non si salvarono dal ferro del forcone.

Mi venne voglia di scappare, allora, e sempre quando capitavano certe cose, mi veniva voglia di scappare e dopo invece non scappavo mai. Allora me ne andai a dormire, e mi sdraiai sul fianco, che il fondoschiena mi faceva proprio male.

Quella notte non riuscii a dormire.

Non chiusi occhio.

Un po' per il dolore al fondoschiena, certo, ma anche perché non ci potevo pensare, che Joe se ne voleva andare. Mi giravo e mi rigiravo nel letto e non me ne facevo una ragione.

Il giorno dopo mi alzai presto, che era ancora buio, come tutte le altre volte, e fischiettando andai a mungere le mucche, e mentre le mungevo invece di sedermi sullo sgabello stavo accovacciato, che il sedere ancora mi bruciava, e quando arrivò il carro caricai i secchi con il latte uno dopo l'altro come sempre ma, proprio mentre caricavo l'ultimo secchio, mi ricordai che il carro tutte le mattine andava proprio a Hopeville, e allora, quando il carro ripartí, nel buio, senza pensarci, saltai su anch'io di nascosto e m'infilai sotto una coperta grigia che c'era in mezzo ai secchi, cosí nessuno mi vedeva. Saltai su cosí, senza pensarci proprio, e dopo, sotto la coperta, mentre il carro andava, sorridevo ed ero contento perché me ne ero andato da casa senza salutare. E lí, sotto la coperta, vuoi per il calduccio, vuoi per il carro che mi dondolava, vuoi per la notte che non avevo chiuso occhio, mi prese una biocca senza precedenti e mi addormentai.

Capitolo 5

Mi svegliai che il carro era arrivato a destinazione, eravamo a Hopeville. Me ne accorsi perché sentii il verso che faceva quello che guidava il carro per fermare i cavalli, un *ihhhhh!!* lungo e fastidioso che ti dovevi svegliare per forza. Rimasi accucciato sotto la coperta, mentre il tipo scese dal carro, legò le redini al palo e si ficcò nel saloon per farsi un goccetto.
Subito dopo presi il mestolo di metallo che era agganciato a un chiodo su un lato del carro, lo tuffai in uno dei secchi, misi nello stomaco un paio di mestolate di latte fresco per cena e poi smontai e mi nascosi dietro l'angolo del saloon per guardarmi intorno con calma. Sarei entrato volentieri anch'io, nel saloon, ma siccome quello del carro mi conosceva, non volevo che mi vedesse.
Dalla mia postazione dietro l'angolo mi guardai intorno. Vidi che il treno era già arrivato, la locomotiva fumava ancora. Si era fermata proprio dove finivano i binari.
C'era un bel po' di movimento, devo dire.
Non era un paese, quello, era un cantiere.
L'unico edificio vero era il saloon, e pure quello non è che fosse una reggia. Alla mia destra c'era un cumulo di traverse di legno impilate con cura, poco piú in là le rotaie lunghe

distese una accanto all'altra, nuove e lucenti sotto le lanterne che cominciavano ad accendersi, e ancora dietro, sparse sull'erba, c'erano le grappe per fissare le rotaie alle traverse. Tutto intorno c'erano gli operai che a quell'ora ancora si davano da fare. Guardai dall'altra parte, verso il fondo della strada, e fui colpito da una cosa strana.

Capitolo 6

Da cosí lontano non vedevo bene tutto, perché ormai era quasi buio. Ma dall'altra parte della strada, in fondo, c'erano due ragazzi che si arrampicavano su una montagna di pietre bianche, questo lo vedevo, e non capivo quelle pietre a che servissero. Un po' piú a sinistra c'era una montagna di coperte marrone, e pensai che quelle servivano agli operai per la notte.

In quel momento sentii il tipo che, risalito sul carro, incitava i cavalli e con le redini li frustava sul groppone, e pensai ecco, adesso vado. Andai a cercare Joe al saloon, allora, che tanto lui di sicuro era là che beveva e parlava. E infatti lo trovai che si scolava una bottiglia, e mi chiesi come faceva a trovare i soldi per pagarla.

– Ciao, Joe, – gli feci, e lui mi guardò e fece la faccia stupita, e dalla sorpresa fece tutti e due i tic uno dopo l'altro, quello del dito e quello della bocca.

– Cosa diavolo ci fai, tu, qui? – mi chiese con la faccia cattiva.

– Niente, volevo venire con te, Joe, – risposi guardandomi la punta delle scarpe.

– Ti avevo detto che non se ne parlava!

– Lo so...

– Te lo avevo detto o non te lo avevo detto?
– Me lo avevi detto.
– E allora? Perché sei venuto? E i tuoi lo sanno? E adesso dove pensi di piazzarti?
Joe si fece ancora un goccetto, per la verità si scolò il suo bicchiere tutto d'un fiato, poi si asciugò la bocca col dorso della mano, mi guardò in cagnesco, mi puntò l'indice e disse:
– Adesso però...
Ma per fortuna in quel momento da fuori suonò la campana, che voleva dire che al cantiere il turno di lavoro era finito, e gli operai, parlando a voce alta, entrarono tutti insieme nel saloon, ed erano tanti, tanti che le porte andavano avanti e indietro e non stavano mai ferme.

Capitolo 7

Appena Joe vide gli operai entrare, si dimenticò di me, per fortuna. Cominciò a guardare nella loro direzione e a sorridere. Anche il barista cominciò subito a schierare i bicchieri sul banco. Il saloon la sera si riempiva di gente, c'erano irlandesi, italiani, ex schiavi neri, disoccupati americani, ex soldati della Guerra di secessione ancora con la divisa addosso, e c'erano indiani e c'erano cinesi. E tutti entravano, gridavano e ordinavano un bicchiere di whisky per dimenticare la stanchezza. E quando bevevano, gli americani bianchi dicevano ai neri sporco negro bastardo, e i neri dicevano agli indiani sporco selvaggio puzzolente, e gli indiani raccontavano ai cinesi che nella prateria, nascosti sotto i sassi, c'erano serpenti che si potevano mangiare un uomo intero in un sol boccone, e i cinesi ci credevano e scappavano via lasciando il posto a loro.
Mi piaceva la ferrovia.
Mi piaceva la locomotiva che aspettava buona buona che gli operai le preparassero il binario. Mi sarebbe piaciuto salirci sopra e tirare la leva che faceva fischiare il vapore.
E vedevo che ogni giorno tutti quanti lavoravano duro sotto il sole, e sapevo bene che andavano avanti cosí, di cantiere in cantiere, di stazione in stazione, senza tregua, e avevano

attrezzi e armi per difendersi dagli indiani, si nutrivano di pane, caffè, whisky, carne di bufalo e avevano poca acqua solo per bere. La notte certi dormivano tutti insieme nei vagoni, altri nelle baracche che, una volta chiuso il cantiere, si potevano smontare e te le potevi portare dietro. Anche la banca e la prigione si potevano smontare, e pure il saloon e la drogheria, cosí, quando il cantiere chiudeva, uno si portava dietro tutta la città. Non proprio tutta, veramente, che certe cose rimanevano per forza, come la stazione, per dire, e la casa del capostazione, ma a volte rimaneva per sempre anche qualche casa, il saloon, la chiesa o il negozio del droghiere. Cosí, alla fine, a volte il treno andava, ma rimaneva la città.
Tutti quegli operai lavoravano fianco a fianco finché c'era il sole, e la sera bevevano e venivano alle mani, e qualcuno tirava fuori il coltello e poi lo usava. Ma prima o poi Joe al saloon cominciava a parlare, ragazzi, e quando Joe cominciava a parlare, quelli si calmavano e stavano tutti zitti ad ascoltare e, anche se erano tutti diversi, quando lui parlava di colpo sentivano che la ferrovia li faceva tutti uguali, perché li faceva americani. E anche se la sera, dopo aver bevuto, litigavano, quando parlava Joe cominciavano a sorridere, a stringersi la mano e a darsi delle gran pacche sulle spalle, e nella loro testa pensavano che bisognava lavorare tutti uniti, tutti uniti perché l'unica cosa importante, nella prateria, era costruire un binario capace di sostenere un treno.

Capitolo 8

Prima che Joe finisse di parlare me la filai, quella sera, perché avevo paura che fosse ancora arrabbiato con me e anche perché mi era venuta un po' di fame, che da solo il latte nella pancia ci ballava, e ci voleva qualcos'altro per tenerlo fermo. Uscii dal saloon e andai a cercare quei ragazzi che avevo visto arrampicarsi sulla montagna di sassi. Erano ancora là che salivano su fino in cima e poi si sedevano e si lasciavano scivolare a terra, accanto a una lanterna, e ridevano come due scemi. Quando fui piú vicino alla montagna, guardai bene e vidi che i sassi non erano sassi ma crani di bufalo, una montagna di crani di bufalo bianchi ammucchiati, con sopra pezze di tela di sacco. A dieci passi da lí, la montagna di coperte non erano coperte, ma pellicce di bufalo una sull'altra, centinaia di pelli di bufalo da farci giacche e cappotti per un reggimento, per un esercito. E allora mi fermai e rimasi senza fiato, che una cosa cosí non l'avevo vista mai.

– Ciao, – mi fece quello dei due che stava in piedi in cima alla montagna, – come ti chiami?

– Mi chiamo Billy, – risposi ancora imbambolato.

– Io Benny, – disse, poi si mise seduto, alzò le braccia, lanciò un urlo e si lasciò scivolare giú per la discesa.

– E io Ralph, – disse quello che già stava a terra, e si alzò, mi venne incontro serio serio e mi strinse la mano come un uomo. – Siamo fratelli, io e Benny, io sono il piú grande, ho tredici anni.

– Come me, – risposi, e non riuscivo a smettere di guardare quelle due montagne.

– Mai visto tanto ben di Dio, vero? – fece Ralph, che si era accorto che guardavo.

– Già. Qui i bufali li sterminate, a quanto vedo.

– Da dove arrivi? Non sei di qua, vero?

– No, sono di Nadine, e avrei un po' di fame.

– Fame? Ci penso io, vieni.

Capitolo 9

Ralph e Benny rovistarono tra gli attrezzi degli operai, presero la lanterna, un sacco di iuta e una fune, e mi portarono su un sentiero buio e polveroso perso in mezzo ai prati, e un po' piú avanti i prati diventarono cespugli, e dopo ancora alberi carichi di mele. Solo a guardarli mi venne l'acquolina in bocca, per dire, perché le mele mi erano sempre piaciute e poi perché quelle mele alla luce della lanterna erano grosse, rosse e lucide come palle di biliardo, e avevano pure tutta l'aria di essere succose. Solo che intorno agli alberi c'era un recinto di pali dalla punta acuminata alti quanto un uomo, e non c'era nemmeno un piccolo spazio tra un palo e l'altro per passare. Guardai i due fratelli come per dire, e ora?

– Niente paura, – fece Ralph, – io e Benny abbiamo il nostro piano!

– Che piano?

– Questo.

Ralph fece un cenno a suo fratello e in un attimo furono in posizione.

Il piano era semplice ed efficace. Ecco, dissero proprio cosí, «semplice ed efficace», anche se a me non sembrava. Ralph e Benny intrecciavano le mani e mi facevano da scaletta, io ci

salivo sopra, montavo sulla staccionata, saltavo in giardino, mi arrampicavo su un albero, dall'albero tiravo le mele ai miei due amici, che riempivano il sacco, poi scendevo dall'albero, loro mi lanciavano la fune, io con l'aiuto della fune salivo in cima alla staccionata, saltavo giú e poi tutti e tre ce la filavamo a tutta birra con le mele.
Semplice.
Semplice ed efficace.
– Ma non c'è pericolo che qualcuno ci becchi? – chiesi con finta disinvoltura, cercando di non sembrare un vigliacco.
– Tranquillo, – fece Ralph, – il padrone di casa a quest'ora è sempre al saloon che si sbronza. Metodo collaudato, sarà una passeggiata! Lo farei io, ma vogliamo lasciare a te la soddisfazione, vero, Benny?
Benny fece sí con la testa.
Ma non è che fossi poi cosí tranquillo.
Sbirciai nel buio del giardino. In effetti la piccola casa di legno dietro i meli aveva le finestre buie, e la casa sembrava deserta. Meno male.
Mi feci coraggio.
Il piano era semplice.
Semplice ed efficace.
Se non fosse che nessuno mi aveva detto del cane.

Capitolo 10

Il cane arrivò al galoppo che ero appena salito in cima all'albero e stavo già cominciando a darci dentro con le mele. Era un bestione mai visto, nero come la notte. Era alto quanto un mulo, non pensavo potesse esistere una bestia simile. Il collo aveva lo stesso diametro del tronco su cui mi ero arrampicato. Con le zampe anteriori si appoggiò all'albero e cominciò ad abbaiare. Faceva un chiasso che ti rintronava, e nel buio del giardino il bianco dei denti grossi faceva quasi luce. Aveva denti mai visti, i canini erano due sciabole, e mi sfioravano i calcagni. Cercai di tirar su le gambe piú che potevo, e dall'alto guardai in direzione dei miei due complici per chiedere aiuto, e in quel momento mi accorsi che quei due ridevano come matti, si tenevano la pancia dal ridere, si rotolavano nella polvere dalle risate.
Capii che mi avevano fregato.
Me l'avevano fatta.
Avevo fatto proprio la figura dello stupido.
Benny girò intorno al recinto, sempre ridendo a piú non posso, tirò fuori una chiave dalla tasca e aprí il lucchetto che teneva chiusa la catena della porticina. Dal ridere non riusciva a centrare la serratura, poi alla fine la centrò, entrò in

giardino, fece un fischio breve e il cane smise di abbaiare all'istante, gli corse incontro e gli si accucciò vicino docile come un agnellino.
Era il loro maledetto cane, si chiamava Ringo, ed era casa loro, quella.
Mi sentivo un idiota.
Scesi dall'albero con le gambe che ancora mi tremavano, e dissi loro che erano due coglioni, e me ne volevo andare subito via.
– Era uno scherzo, Billy, era solo uno scherzo! – disse Ralph, mentre mi metteva un braccio intorno alle spalle, e dopo arrivò Benny con un cesto intero di mele rosse come il fuoco tra le mani. Ralph intanto rideva e mi abbracciava e io lo scacciavo, mi riabbracciava e io di nuovo lo scacciavo e, a furia di ridere e di abbracciarmi, fece venire voglia di ridere anche a me, e allora le mele ce le mangiammo ridendo tutti e tre, seduti insieme per terra sotto l'albero, con Ringo vicino che scodinzolava ogni volta che per sbaglio lo guardavo.
Le mele erano proprio succose e saporite, e ne mangiammo due grosse a testa. Mangiando raccontai di Joe, di come parlava e di come ero scappato per andargli dietro, e dissi che non sapevo dove avrei dormito.
– Stanotte puoi dormire qui, – fece Ralph mentre lanciava contro un albero il torsolo della sua mela. – C'è posto, nel fienile.

Capitolo 11

Nel fienile si stava al caldo e sul fieno si dormiva bene, e quella notte sognai una terra piena di alberi di mele e di prati verde brillante con il cielo azzurro sopra. Il mattino dopo mi alzai, mi diedi una rinfrescata all'abbeveratoio che c'era in cortile e me ne andai a cercare Joe, sperando che la luna storta gli fosse passata. Le finestre erano ancora tutte buie, e anche Ralph e Benny non si vedevano. Era ancora scuro, ma io ero abituato a svegliarmi presto per mungere le mucche, e di piú non riuscivo a dormire. In giardino c'era solo Ringo, che mi venne incontro scodinzolando per farsi accarezzare.
Per fortuna la porticina era aperta, altrimenti non sarei riuscito a scavalcare. Mi avviai sul sentiero, e già sentivo rumore di gente che era sveglia. Gli operai erano già tutti al lavoro, e dappertutto si sentivano richiami, ronzare di seghe e colpi di martello. C'era da perdersi, ma tanto lo sapevo dove cercare Joe.
Lo trovai seduto sulla sedia, nella veranda del saloon, infatti, vicino a una lanterna. Teneva le gambe appoggiate alla balaustra e aveva un paio di stivali nuovi che coi piedi sollevati si notavano per forza. Erano punteggiati di borchie, e le borchie scintillavano alla luce della lanterna come tante stelle. A mo-

menti non lo riconoscevo, perché aveva le braccia conserte e il cappello calato sugli occhi, e sembrava appisolato.
Mi avvicinai con cautela.
Sentivo l'odore del cuoio degli stivali.
Proprio mentre stavo per toccargli un braccio saltò su, alzò la visiera del cappello e disse:
– Ehi, Billy, come ti va la vita? Vieni, siediti qui, ragazzo, – e col palmo della mano diede due colpetti sullo sgabello che era accanto a lui.
A momenti mi pigliava un colpo.
– Ehi, barista! – urlò poi verso l'entrata del saloon. – Porta subito una fetta della tua torta a questo giovane cowboy!
Incredibile.
Non me l'aspettavo.
Ero contento che non fosse piú arrabbiato, certo, ma lo stesso c'era qualcosa che non mi tornava.

Capitolo 12

– Dove hai dormito, ragazzo? – mi chiese Joe, e intanto aprí la sua tabacchiera d'argento, strinse tra le dita una presa di tabacco e se la cacciò in bocca.
– In un fienile.
– Ah, si dorme a meraviglia, nei fienili.
– E tu? Dove hai dormito, tu?
– Io? Ma all'hotel, naturalmente.
– All'hotel? Come i signori?
– Già, come i signori.
– Allora il lavoro va bene, Joe.
– Direi di sí, ragazzo, – fece lui, e poi allungò ancora un po' le gambe e intrecciò le mani dietro la nuca, masticando e sospirando di soddisfazione.
In quel momento il barista portò un piattino con una fetta di torta monumentale, che sotto era mezza nera e sopra era mezza bianca, e la punta sembrava la prua di una nave. Ci diedi dentro alla grande, che una torta cosí dalle mie parti non passava mai.
– È buona? – mi chiese Joe, e io feci solo sí, sí con la testa, che con la bocca piena non riuscivo piú a parlare. Buona era buona, la torta, e la feci fuori in due secondi, ma con la pancia

piena i dubbi ritornarono. Mi chiedevo come facesse Joe ad avere tutti quei soldi. La tabacchiera, gli stivali, l'hotel, la torta, voglio dire.

Joe alzò la testa da sotto il cappello, mi guardò e sorrise.

– Piaciuta?

– Era squisita, Joe.

– Bene, sono contento.

Restammo zitti per un po', e guardavamo dritto davanti a noi, e si sentivano i richiami degli operai e il rumore delle seghe e dei martelli. Ero felice che Joe mi lasciasse stare con lui, e anch'io distesi le gambe fino alla balaustra e intrecciai le mani dietro la nuca, anche se non avevo né stivali, né cappello.

– Ma che lavoro fai, Joe? – chiesi dopo un po'.

Abbassò di nuovo la falda del cappello sugli occhi, e non rispose.

– Che lavoro, Joe? – ripetei.

– Un gran bel lavoro, ragazzo, – rispose da sotto il cappello.

– Sí, ma *che* lavoro?

A questo punto Joe mise giú i piedi, si raddrizzò sullo schienale, alzò con l'indice la falda del cappello, tirò su col naso, fece il tic della lacrima e il tic del bacio, si guardò in giro prima da un lato poi dall'altro, mi guardò fisso negli occhi e disse piano: – Racconto storie, – e poi appoggiò l'indice della destra alle labbra, come per dire che era un segreto.

Stavo per rispondere qualcosa, ma in quel momento arrivarono urlando Ralph e Benny con un paio di fionde in mano, e da lontano mi gridarono di correre da loro che dovevano mostrarmi subito una cosa.

Capitolo 13

La cosa che dovevano mostrarmi erano le due fionde che si erano costruiti da soli con due rami di ciliegio scortecciato e levigato.
Erano una meraviglia, con un'impugnatura rivestita di spago per fare presa, che si biforcava in due rami, e i due rami erano uniti tra loro da un elastico nero largo un dito. A metà dell'elastico avevano fissato un pezzo di cuoio marrone che doveva servire a ospitare il sasso da lanciare.
Me la sognavo, una fionda cosí.
– E questa è per te! – disse all'improvviso Benny, e tirò fuori dalla tasca dietro dei calzoni una terza fionda che mi mise in mano.
Rimasi a bocca aperta e guardai Ralph, che sorrise e fece sí con la testa.
La fionda era un gioiello, ed era un regalo per me. Era quella la sorpresa che dovevano farmi vedere.
– Adesso andiamo a provarla! – disse Ralph, e cominciò a correre, e io e Benny dietro.
Andammo a casa loro, e in giardino, su un muretto di pietre che nascondeva il gabinetto che c'era dietro casa, allinearono una dozzina di bottiglie di whisky vuote.

– Le abbiamo fregate dietro al saloon, – disse Benny, – tanto erano vuote.

Ci piazzammo a venti passi.

Per primo tirò Benny e centrò una bottiglia in pieno.

Poi tirò Ralph e fece centro pure lui.

Quando toccò a me raccolsi un sasso bello grosso, caricai la fionda e presi la mira con calma, perché non avevo mai usato una fionda e volevo starci attento per non fare brutta figura. Tesi l'elastico fino in fondo e dopo lo mollai, ma purtroppo il tiro venne troppo alto, passò al di sopra di tutte le bottiglie, per dire, finí dietro al muretto e colpí qualcosa di duro, sí, qualcosa di duro perché sentimmo un *toc* secco e forte e subito dopo un urlo:

– Disgraziati, ancora con quella maledetta fionda! Ma ve la faccio vedere io, stavolta!

E subito dopo saltò fuori Mr. Lucky, il padre di Ralph e Benny, che con una mano si teneva su i mutandoni e con l'altra si teneva la testa, ed era un po' arrabbiato perché era la quarta volta che con la fionda lo beccavano, perché in effetti devo dire che non era facile centrare le bottiglie da venti passi.

– Filiamocela! – fece Ralph, e intanto dietro di noi sentivamo gli urli del padre che, per rincorrerci, coi piedi nudi era finito sui cocci di bottiglia e imprecava di dolore.

Capitolo 14

Ce la filammo, ce ne andammo al cantiere. Ci mettemmo seduti in cima alla montagna di crani di bufalo, e Ralph disse che da grande voleva fare il cacciatore di bufali, per questo si stava allenando con la fionda per migliorare la mira, e disse che si guadagnava bene, a cacciarli, e che la Union Pacific i cacciatori li pagava bene, perché i bufali impedivano la costruzione della ferrovia. E li pagava bene anche perché gli operai erano tanti e cosí, per dargli da mangiare carne, la Union Pacific aveva assunto i piú bravi cacciatori.
– Poveri bufali... – dissi, ma Ralph nemmeno mi sentí. Continuò a parlare senza piú fermarsi, e disse che a Dodge City c'era uno che si chiamava David Morrow che aveva ucciso il leggendario White Buffalo, un bufalo albino che poi aveva venduto a un certo Robert Wright per mille dollari. E poi disse che a Dodge City c'era pure George Reighard, che in tutta la sua vita aveva ucciso piú di tremila bufali. Ma disse che il piú bravo di tutti era Buffalo Bill, potevi giurarci, che ne aveva uccisi cinquemila.
– Per non parlare degli indiani che ogni tanto attaccano la ferrovia! – concluse Ralph. – I cacciatori sono bravi a uccidere anche gli indiani!

Non mi sembrava tanto una cosa bella, uccidere bufali e indiani, perché sapevo che i bufali servivano agli indiani per mangiare, e sapevo che gli indiani abitavano quelle terre da molto prima che arrivassimo noi. Ma non dissi niente, perché Benny guardava incantato suo fratello, e quelle storie che sicuramente conosceva già a memoria non si stancava di sentirle.
Io ascoltavo e pensavo a tutti quei bufali morti, agli indiani morti, a tutti quei crani bianchi e a quelle pellicce, e intorno a me l'odore della pece riscaldata dagli operai la sentivo come odore di morte.
– Billy, noi andiamo ad allenarci ancora un po' da qualche altra parte, – disse improvvisamente Ralph, saltando giú. – Vieni con noi?
– No, non mi va, – risposi, – vado a cercare il mio amico Joe.
Mi avviai da solo verso il saloon, e ogni tanto mi giravo a guardare la montagna di crani e la montagna di pellicce, e mi dispiaceva che quel tipo che aveva ucciso tutti quei bufali si chiamasse Billy come me.

Capitolo 15

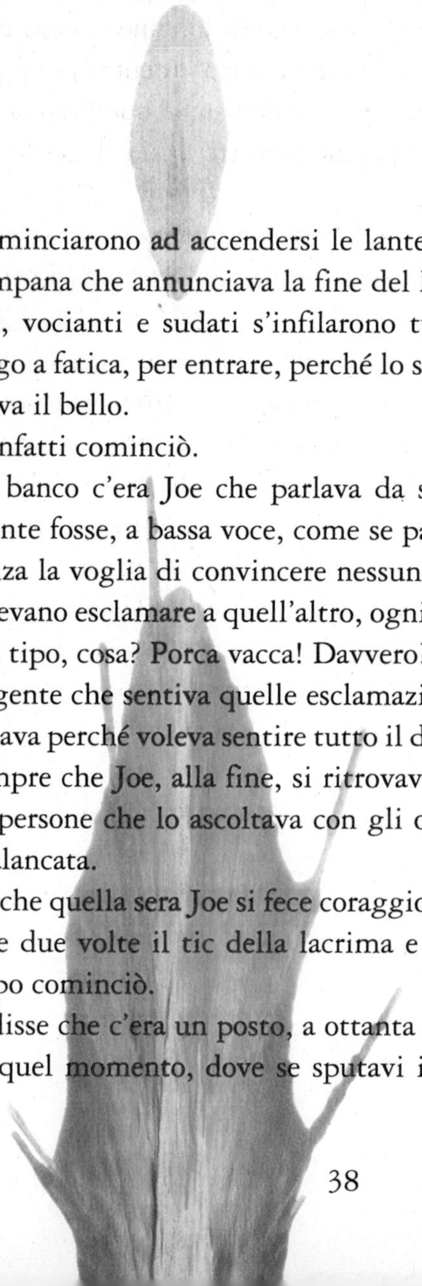

Cominciarono ad accendersi le lanterne e prese a suonare la campana che annunciava la fine del lavoro, e gli operai sporchi, vocianti e sudati s'infilarono tutti nel saloon. Mi feci largo a fatica, per entrare, perché lo sapevo che adesso cominciava il bello.

E infatti cominciò.

Al banco c'era Joe che parlava da solo con un tizio, come niente fosse, a bassa voce, come se parlasse tanto per parlare, senza la voglia di convincere nessuno, ma le cose che diceva facevano esclamare a quell'altro, ogni tanto, ad alta voce, cose del tipo, cosa? Porca vacca! Davvero? E dove si trova? Allora la gente che sentiva quelle esclamazioni, incuriosita, si avvicinava perché voleva sentire tutto il discorso, no?, e succedeva sempre che Joe, alla fine, si ritrovava in mezzo a un gruppo di persone che lo ascoltava con gli occhi sgranati e la bocca spalancata.

Anche quella sera Joe si fece coraggio scolandosi un goccetto, fece due volte il tic della lacrima e una quello del bacio, e dopo cominciò.

E disse che c'era un posto, a ottanta miglia da dove eravamo in quel momento, dove se sputavi in mezzo all'erba un'ora dopo, al posto dello sputo, ci trovavi una pianta di mele coi rami, le foglie e i germogli. E disse che un po' piú avanti c'era un fiume tutto storto con l'acqua che da lontano ti sembrava gialla e, se ti avvicinavi e ci mettevi le mani dentro per prendere i sassolini sul fondo, capivi bene perché quell'acqua era cosí gialla. Era cosí gialla perché ogni tre sassi che prendevi, uno era una pepita d'oro.

– E tutta quella terra non è di nessuno, ragazzi, – disse a un certo momento Joe con la voce molto piú forte. – E il primo che ci mette piede se la prende!

E mentre Joe stava parlando ancora, qualcuno si guardò intorno, si scolò in fretta il suo bicchiere, si alzò dal tavolo, se ne andò alla chetichella e si mise subito a caricare il carro con tutta la sua roba per partire, prima che la cosa venisse in mente a qualcun altro. Ma piano piano la cosa veniva in mente a tanti, altroché, non dico a tutti, no, ma a tanti veniva la fregola di prendere il carro, caricarlo e andare ottanta miglia a ovest.

Capitolo 16

La sera non si faceva molto tardi, al saloon, ché il mattino dopo si cominciava a lavorare appena faceva chiaro. Se ne andarono tutti presto e rimanemmo soltanto io e Joe, seduti a un tavolino, e il barista che spazzava il pavimento.
– Scusa, Joe, – gli chiesi, – ma credo di non aver capito ancora bene qual è il tuo lavoro.
– Raccontare storie, te l'ho detto.
– Ma quelli che ti ascoltano mica ti pagano, per sentirti parlare. Al massimo ti offrono un bicchiere...
Joe mi strinse forte un polso e mi guardò negli occhi con la faccia dura.
Fece due volte il tic del bacio.
Abbassò la voce.
– Mi paga la Union Pacific, Billy, mi paga per far venire voglia alla gente di prendere il carro e andare.
– Andare dove?
Prese il cappello e se lo mise in testa, si alzò dal tavolo, uscí e con la testa mi fece cenno di seguirlo. Ci mettemmo a camminare. La strada a quell'ora era deserta, e senza il sole sembrava meno polverosa.
– Andare dove? – chiesi di nuovo.

– Ottanta miglia piú in là, direzione ovest, – disse indicando col braccio.
– E perché ogni volta proprio ottanta miglia?
Mi appoggiò entrambe le mani sulle spalle e mi guardò dritto negli occhi, e non fece nessun tic. Parlò scandendo bene le parole.
– Perché ogni ottanta miglia la locomotiva ha bisogno di rifornirsi d'acqua da scaldare e trasformare in vapore.
– E allora?
– E allora la locomotiva ha bisogno che ci sia una stazione di rifornimento ogni ottanta miglia, ma per far funzionare una stazione, intorno alla stazione ci vuole la casa del capostazione, no?, e la scuola per i figli del capostazione, e l'emporio dove la moglie del capostazione può fare la spesa, e via dicendo. Insomma, intorno alla stazione ci vuole una *città* e qualcuno che abbia voglia di costruirla e poi di abitarla.
– E tu sei pagato per far venire voglia alla gente di andare a costruire una città e di abitarla...
– Esatto.
– ... pagato dalla Union Pacific che dopo ci fa passare il treno!
– Ci sei, amico.
Mi tolse le mani dalle spalle, si stiracchiò, ficcò le mani nelle tasche e riprendemmo a camminare.
Non riuscivo a crederci, Joe era solo un bugiardo che faceva credere alla povera gente che piú in là c'era una terra meravigliosa che invece non c'era, e io come uno stupido ero scappato di casa per lui. E lui dormiva in una delle camere sopra il saloon come un signore, e gli operai invece dormi-

vano nelle baracche e io dormivo in un fienile. Allora pensai che era come i cacciatori, Joe, e vendeva le parole solo per farci i soldi, e fregava la povera gente solo per comprarsi la tabacchiera, il whisky e gli stivali, e se i bufali e gli indiani morivano era pure colpa sua.

Capitolo 17

Salutai Joe e me ne andai a dormire nel fienile, e per fortuna Ralph e Benny si erano ricordati di lasciarmi aperta la porticina. Attraversai il giardino e mi arrampicai su per la scala a pioli appoggiata al muro di pietra.
Sdraiato sul fieno guardavo le stelle e non riuscivo a dormire, perché pensavo che Joe non era come lo vedevo io, no, era solo un bugiardo che approfittava della gente, e a guardarle, quella sera, pure le stelle mi sembravano finte per via del fatto che lui ogni tanto ne parlava.
Con le mani dietro la testa guardavo le stelle sopra il fienile e pensavo.
Pensavo a un mucchio di cose.
Pensavo a mia madre e a quando veniva a darmi la buonanotte e a spegnere la lampada. Pensavo a quanto il treno mi piaceva e al sogno che avevo, e che non avevo raccontato mai a nessuno, di guidare una locomotiva. Di salirci su, di toccare il ferro nero e lucido, di mettere la caldaia sotto pressione, di far girare il vapore e di tirare la leva che faceva uscire il fischio. Ogni volta che ci pensavo il cuore mi picchiava a mille, e mi veniva una cosa amara in bocca e nello stomaco, come quando butti giú un limone.

E poi pensai ancora a Joe e al suo racconto, che era ogni volta lo stesso in ogni città, ogni volta uguale anche se ogni volta lui inventava e cambiava le parole. E il suo racconto, pensavo, era come il desiderio che uno esprime quando cade una stella, come dire che ogni terra è piú bella della terra che veniva prima, e perciò ci devi andare.
Sí, ma intanto niente sonno.
Manco per idea.
Mi rigiravo in mezzo al fieno e pensavo che invece anch'io ero rimasto fregato dalle sue parole, dalle parole bugiarde di Joe, che per fare un po' di soldi ti faceva credere quello che non era vero, e per la prima volta mi venne una gran voglia di tornare a casa. Ma poi pensai che non potevo piú tornare a casa, perché ormai ero scappato e non potevo piú tornare indietro. Domani mi cerco un lavoro, pensai, qualcosa per stare vicino al treno e alla ferrovia e, se mi lasciano, darò una mano pure a mettere giú le traverse e le rotaie.

Capitolo 18

Il mattino dopo mi presentai al cantiere e dissi che volevo lavorare. Bob, il capomastro, mi squadrò. Era un tipo che si arrabbiava volentieri, Bob, con lui c'era poco da scherzare. Era grande e grosso come una quercia e alzava subito le mani.
– Sei piccolo! – disse. – Ma forse anche tu ci puoi servire. Vieni con me!
Mi mise a portare su e giú un secchio di zinco pieno di bulloni agli operai che, con le tenaglie dai manici lunghi, i bulloni li stringevano per fissare le traverse di legno alle rotaie. Il secchio da pieno pesava, eccome se pesava, ma ero contento di lavorare, di costruire anch'io la ferrovia e, ogni volta che potevo, col secchio in mano facevo il giro largo per passare accanto alla locomotiva e vederla da vicino. Stava alla fine del binario in attesa che le preparassimo la strada, la locomotiva, come una regina che aspetta che le mettano giú il tappeto per andare. Alta, possente, nera, lucida. Mi chiamava.
Allora, quando nessuno mi vedeva, mi avvicinavo, mettevo giú il secchio coi bulloni e la accarezzavo come una ragazza. Toccavo tutto, una cosa per volta.
La caldaia capiente.
La cabina, che era come una piccola casetta.

Il carbone ammucchiato nel carrello.
Il grande fanale davanti.
Il rostro appuntito per cacciare i bufali e le pietre dal binario.
A volte chiudevo gli occhi e appoggiavo perfino la testa alla caldaia, sperando di sentire l'acqua che ci bolliva dentro. Certe volte George, il macchinista, provava il motore da fermo, e dopo la caldaia rimaneva calda per un po'. Un giorno il capomastro mi beccò proprio con la guancia appiccicata sopra. Il macchinista aveva provato il motore mezz'ora prima, e la caldaia era ancora calda come la chiappa di una mucca. Me ne stavo là beato con le mani e la guancia incollate alla caldaia a godermi un po' di calduccio, quando arrivò Bob, il capomastro.
– Ehi! – urlò. – Stanno aspettando i bulloni, laggiú!
Mi fece fare un salto. Non lo avevo sentito arrivare.
Era dietro di me con le mani sui fianchi.
– Ma fa' pure con calma, sai, – continuò ad alta voce. – Quando poi hai finito di sbaciucchiarti la lamiera, vai!
Si girarono tutti a guardarmi, e ridevano.
Volevo morire.

Capitolo 19

Ottanta giorni dopo la stazione ormai era pronta, e intorno adesso c'era un villaggio vero e proprio, e anche la strada ferrata bella lucida scappava verso ovest, verso qualche altro posto.

Da un po' di giorni veniva giú una pioggia sottile e continua, cosí la polvere era diventata fango. Sotto la pioggia gli operai presero a smontare tutto quello che potevano smontare, per portarselo dietro e rimontarlo ottanta miglia piú avanti, dove qualcuno, incantato dalle parole di Joe, sicuramente aveva già messo su una fattoria, una stalla, un fienile. La carovana si mise in moto, i carri si snodavano nel fango come un serpente lento e bagnato, e per fortuna erano coperti da un bel telo incerato che non faceva entrare la pioggia. Ci lasciavamo dietro una città vera, fatta e finita, coi negozi, la scuola, la chiesa e tutto il resto, e si chiamava Hopeville.

Joe lo vidi che saltava anche lui su un carro pieno di traverse di legno e di bulloni, ma non avevo voglia di fare il viaggio con lui, cosí saltai su un altro carro.

Ralph e Benny vennero a salutarmi, e mi portarono un sacco pieno di mele rosse, e ci guardammo in faccia e non sapevamo che dire. Quando il mio carro partí, corsero via e salirono

sulla montagna di crani di bufalo per salutarmi meglio, e da là sopra si sbracciavano piú che potevano, e mentre erano in piedi, là, sopra quella montagna di crani di bufalo, mi venne da pensare che era cosí, la vita, un posto dove, per fare quello che ti piaceva fare, dovevi sempre combattere, e non te ne potevi stare mai tranquillo.
Toccai l'impugnatura della mia fionda.
Era calda e amichevole.
E, mentre il carro andava, non staccavo gli occhi dai miei due amici in cima a quella montagna di crani di bufalo, e li vidi tutti e due per un bel po', li vidi diventare sempre piú piccoli e dopo non li vidi piú.

Capitolo 20

Sul carro stavo seduto dietro e per tutto il viaggio guardai fuori, guardai i carri che venivano dietro il nostro e guardai la strada, e quei solchi delle ruote dentro il fango li vedevo rotaie luccicanti già pronte per far passare il treno.
Ottanta miglia dopo i carri si fermarono in un posto dove non c'era niente, solo erba, cespugli e fango, e quella era Golden City. Qualcosa c'era, veramente, c'erano delle tende e c'erano due casette col camino che fumava, una da una parte e una dall'altra della strada, che poi non era una strada, ma solo una serie di solchi di carri dentro il fango. C'era di buono che almeno aveva smesso di piovere.
– Lo vuoi un po' di pane e formaggio? – mi gridò il padrone del carro che mi aveva dato il passaggio.
– Sí, grazie, lo voglio.
– Allora dammi una mano a scaricare!
Diedi una mano a scaricare pentole, bottiglie, piatti, bicchieri, sedie, credenze, e in quel momento mi accorsi che non ero salito su un carro di operai della ferrovia, ero salito sul carro di un colono che voleva metter su casa là per fare il contadino o l'allevatore, o tutte e due le cose insieme.
A furia di scaricare roba la sera ero stanco e affamato, e mi

misi seduto su un'asse di legno che faceva da gradino davanti al saloon, e cominciai a sbranarmi il mio pane col formaggio. Joe quella sera attaccò come sempre a raccontare, perché erano arrivati operai nuovi che non lo avevano mai sentito. E anche il saloon non è che fosse già un vero saloon, era solo una catapecchia tirata su in fretta e furia con quattro assi di legno e un telo incerato per tetto, e a bere whisky si entrava in pochi per volta, perché di spazio non ce n'era.
E Joe là dentro raccontò che ottanta miglia verso ovest c'era una terra già pronta per la semina, perché era smossa da talpe, conigli, lepri e lombrichi. E disse che c'erano cavalli bianchi, bruni e neri veloci come proiettili, che se ti passavano vicino ti scompigliavano i capelli come quando tira vento. E disse che c'erano boschi che ci potevi fare tutta la legna che volevi, per il camino, per cucinare e per tirarci su la casa. E la corteccia era cosí buona che ti veniva voglia di mangiartela coi fagioli o con le patate. E disse che era legna profumata e secca, quella, che bruciava senza fare fumo, e quando la spaccavi, anche se era inverno veniva fuori l'odore della primavera, e cosí, se con la legna ci tiravi su la casa, la casa verso sera, quando calava il sole, profumava.
Io senza farlo apposta lo ascoltavo, mangiavo pane e formaggio e lo ascoltavo attento come sempre, non mi stancavo mai. E anche se adesso lo sapevo che erano tutte balle, non potevo farci niente: lo stesso mi sembravano ancora belle da sentire.

Capitolo 21

Continuavo a lavorare in cantiere, e devo dire che ero diventato proprio bravo. Mettevamo giú un binario ogni trenta secondi, un miglio di binario al giorno, ed eravamo dieci volte piú veloci dei migliori cantieri d'Europa. Cioè loro, gli operai, mettevano giú un binario ogni trenta secondi, io portavo soltanto i secchi coi bulloni, anche se devo dire che non era come portare foglie secche. Guadagnavo bene, guadagnavo un dollaro al giorno, e gli operai tre. Dormivo nelle baracche degli operai, o sul treno.
Mano a mano che le rotaie avanzavano, avanzava pure il treno. A volte il treno incrociava una mandria di bufali, e se il treno andava piano anche i bufali attraversavano i binari con calma, piano piano, come niente fosse, ma se il treno andava forte o era troppo vicino, allora c'erano sempre due o tre bufali che a testa bassa, di lato, puntavano contro i vagoni e caricavano, e il treno deragliava.
Ne capitavano, di cose, voglio dire.
Non ti annoiavi mai, poco ma sicuro.
Un giorno, per dire, vedemmo arrivare diciassette indiani Sioux a cavallo che percorrevano le rotaie appena stese, e davanti a loro c'era Coda Macchiata che li guidava. Coda

Macchiata aveva la fama di uno che non se ne va in giro a raccontare barzellette, e si diceva che appesi alla sua tenda ci tenesse ventotto scalpi di operai della Union Pacific, e si diceva pure che erano ventotto solo perché il ventinovesimo era completamente calvo.
I diciassette Sioux avanzavano e guardavano le rotaie incuriositi, parlando tra loro, che una strada di ferro cosí da vicino non l'avevano mai vista, figuriamoci. Ogni tanto, però, alzavano la testa e guardavano gli operai, li guardavano con le sopracciglia aggrottate e con le scuri già pronte tra le mani, e le scuri le chiamavano *tomahawk*, che poi in lingua indiana vuol dire «abbattere», che non è certo una parola che ti rassicura.
Joe allora andò loro incontro a piedi con le mani alzate, per far vedere che non era armato, e con calma spiegò loro come si faceva a mettere giú le rotaie, nella loro lingua incomprensibile gli spiegò per filo e per segno tutto quanto, gli spiegò del ferro, delle traversine, delle grappe, dei bulloni e tutto il resto, e poi sorridendo li fece scendere da cavallo e li fece salire sul treno fermo nella stazione e gli mostrò i sedili, le lampade, i finestrini e tutto il resto. E mi piaceva che gli indiani li trattasse col sorriso, come trattava i bianchi.

Capitolo 22

Alla vista degli indiani intanto gli operai cominciarono ad agitarsi, e già toccavano i coltelli, i Winchester, e i calci delle Colt, e io allora pensai ecco, ci siamo. Ma Joe disse agli operai di fermarsi per una pausa e di portare qualche bottiglia di rum per togliersi un po' di polvere dalla gola insieme agli ospiti, e mi mandò dal barista a ordinare diciassette fette di torta. Quando tornai, Joe mi prese il vassoio con le fette di torta bianca e nera dalle mani e, sempre sorridendo, ne diede una a ogni Sioux, e quelli se la scofanarono in un batter di ciglia, due bocconi a testa e via. Coda Macchiata disse qualcosa nella sua lingua misteriosa e Joe ci spiegò che aveva detto grazie.

Mi piaceva, Joe, perché aveva coraggio, perché sorrideva, perché parlava con gli indiani nella loro lingua e, quando loro rispondevano, ci traduceva quello che dicevano, cosí capivamo pure noi. Mi piaceva che lui agli indiani gli volesse bene. Da come gli parlava e gli sorrideva, si capiva subito che li rispettava, che pensava che non erano cattivi, che pensava che stavano là da molto prima di noi.

Poi Joe mi diede in mano una pala e mi disse di piantarla bella dritta nel terreno a venti passi da lui, mentre gli indiani

ancora si leccavano le dita sporche di panna e cioccolato. Io piantai la pala nel terreno e corsi via, e non riuscivo a capire Joe, con la pala, che ci volesse fare.
Poi Joe si avvicinò a Coda Macchiata e gli disse qualcosa sempre nella loro lingua. Coda Macchiata guardò i suoi che ancora si stavano ciucciando i polpastrelli, fece un cenno con la testa e subito gli indiani cominciarono uno dopo l'altro a mettere un ginocchio a terra, a tendere l'arco, a tirar fuori una freccia e a prendere la mira.
Se ci fossero stati Ralph e Benny sarebbero stati felici, perché quella era una vera e propria gara a chi era il miglior tiratore. Sedici indiani su diciassette infilarono le loro frecce attraverso il buco sul manico della pala, e dopo ogni centro gli operai applaudivano come se fosse un numero da circo, e davano vigorose pacche sulle spalle del tiratore. Solo il diciassettesimo mancò il buco e colpí il manico e, dalla disperazione e dalla vergogna, cadde in ginocchio e davanti a tutti cominciò a prendersi a schiaffi da solo, piangendo, e andava avanti senza smettere, andava avanti a darsi tanti di quegli schiaffoni da rintronarsi, che dopo un po' aveva la faccia un po' piú rossa di qualsiasi altro pellerossa.

Capitolo 23

Ma non era finita lí, no di certo.
Joe era scatenato.
Non lo teneva piú nessuno.
E infatti subito dopo organizzò una gara di corsa tra i Sioux, sui loro cavalli appaloosa bianchi macchiati di nero, e la nostra locomotiva lucida. Il traguardo era un macigno che c'era un po' piú avanti, a lato del binario.
Fu una gara favolosa, ragazzi, da non crederci.
George, il macchinista, staccò la locomotiva dai vagoni. Coda Macchiata salí con Joe sulla locomotiva insieme a George e, siccome ero il piú giovane e quindi secondo tutti il piú innocente, toccò a me fare da giudice, toccò a me abbassare il fazzoletto che dava il via alla gara.
– Tocca a te, Billy, sveglia! – mi urlò Joe affacciato dal finestrino della locomotiva.
Non ci potevo credere.
Dall'emozione mi tremavano le gambe.
Andai a mettermi in posizione, cioè a metà strada tra i concorrenti.
Non riuscivo nemmeno a trovare il fazzoletto, la tasca mi era diventata profonda come un pozzo. Finalmente lo trovai.

Per una gara cosí importante ci sarebbe voluto un fazzoletto di quelli giusti, tutto rosso, magari, o tutto giallo che lo vedevi pure da lontano, un fazzoletto professionale da giudice di gara, insomma, ma in tasca avevo solo il mio fazzoletto bianco a pesciolini verdi e blu parecchio malconcio. Allora mi ci soffiai il naso un momento dal nervoso e poi lo tirai su dritto come una bandiera, come un trofeo, perché una cosa cosí mica mi capitava piú.

Quando tirai su il fazzoletto si fece un gran silenzio.

Respirai profondo.

Alla mia destra i sedici appaloosa bianchi e neri scalpitavano e si impennavano.

Alla mia sinistra la locomotiva nera lucida sbuffava.

Intorno nessuno fiatava. Si sentiva solo il vento della prateria che faceva sventolare il mio fazzoletto bianco a pesciolini verdi e blu. Gli occhi di tutti erano incollati al mio fazzoletto.

– Via! – gridai, e abbassai il braccio.

Capitolo 24

Gli appaloosa degli indiani partirono veloci come un lampo, sollevando un polverone e passando subito in vantaggio, mentre la locomotiva prima sbuffò, poi tremò, cigolò, fischiò e infine partí che i cavalli erano già quasi a un terzo del percorso. Vidi Coda Macchiata sogghignare dal finestrino della locomotiva. Pensava già di aver vinto, l'indiano.
Ma nel giro di poco la locomotiva accelerò e recuperò alla grande, e arrivò al traguardo un bel pezzo prima dei cavalli. All'arrivo George, il macchinista, tirò la leva e col vapore fece uscire un fischio di vittoria che si confuse con gli applausi e le urla di gioia degli operai, e io saltavo e urlavo piú di tutti. Coda Macchiata, in cabina con Joe e col macchinista, assistette alla sconfitta dei suoi uomini con la faccia che anche se era rossa era diventata nera, sempre piú nera, e scese dalla locomotiva con la testa bassa e l'umore sotto i piedi.
Joe gli andò incontro, gli sorrise e gli tese la mano.
Coda Macchiata guardò Joe e non gliela strinse, la mano, anche se gli indiani sapevano cosa quel gesto volesse dire per i bianchi.
– Siamo amici, Coda, – gli fece allora Joe, abbassando il braccio, – il nostro presidente vuole comprare le vostre terre, lo sai!

Joe glielo disse cosí come gli veniva, ma poi glielo ripeté per bene nella sua lingua per farglielo capire.
Per risposta Coda Macchiata rimase serio e fece un lungo discorso di cui nessuno di noi capí neppure una virgola, e solo gli altri indiani e Joe capivano tutto e, anche se capiva tutto, stavolta Joe non ci tradusse nemmeno una parola. L'indiano diceva tutte quelle frasi incomprensibili e noi guardavamo Joe e gli chiedevamo cosa dice, Joe, cos'ha detto? Cosa vuole?, e Joe non rispondeva. A un certo punto si rimise il cappello in testa, si girò verso di noi e gridò:
– Al lavoro, ragazzi, che abbiamo già perso troppo tempo!
Coda Macchiata risalí sul suo appaloosa, chiamò a raccolta i suoi e tutti insieme se ne tornarono da dov'erano venuti.

Capitolo 25

Continuammo a lavorare fino a tardi, e alla sera andai al saloon con gli altri per ascoltare Joe. Ma Joe quella sera al saloon non c'era, e non si vedeva da nessuna parte. Non era mai successo che Joe non fosse al saloon prima di tutti gli altri, e la cosa era perlomeno strana. Andai a cercarlo in camera, allora, nella sua camera da signori sopra il saloon, e quando picchiai il pugno alla sua porta, non mi rispose la voce di Joe, mi rispose un grugnito da orso:

– Chi rompe, adesso?

– Sono Billy. Sono Billy, Joe, mi apri?

– Fuori dalle scatole, ragazzo, non voglio vedere nessuno!

– Devo chiederti una cosa, Joe.

Siccome non parlava piú, provai a girare la maniglia e a spingere la porta, e feci bene, perché la porta non era chiusa a chiave e cosí, senza far rumore, entrai.

La stanza era buia, e Joe era buttato sul letto con gli stivali ancora ai piedi, girato contro il muro. Adesso russava, e sulle assi del pavimento c'era una bottiglia di whisky vuota rovesciata. Nella stanza c'era odore di cuoio e di whisky.

– Come stai, Joe? – gli chiesi – Tutto bene, Joe?

Non mi rispose, ma smise di russare. Si vede che con la mia

domanda lo avevo svegliato. Anche se era sveglio, però, se ne restò lo stesso girato contro il muro. Si grattò soltanto una spalla. Nella penombra vedevo le macchie di sudore che gli bagnavano la camicia sulla schiena. Me ne stavo in piedi al centro della sua camera e non sapevo che fare. Aveva una stanza coi tappeti e con le tende, proprio da signori, e alle pareti aveva la carta a fiori coi quadri appesi sopra, e nei quadri c'era la prateria al tramonto con gli indiani a cavallo a caccia di bufali.

– Joe, come ti senti? – chiesi ancora.

– Mi sento triste, – rispose con la voce da ubriaco, senza girarsi.

– E perché ti senti triste?

Allora Joe, sempre senza girarsi, con la voce triste da ubriaco attaccò a parlare, e disse che Coda Macchiata gli aveva detto che gli indiani avrebbero accettato l'offerta del Grande Capo di Washington di comprare la loro terra, perché sapevano che altrimenti i bianchi potevano venire a prendersela coi fucili. Solo che Coda Macchiata non capiva come potevano, i bianchi, comprare o vendere il cielo, l'erba o il colore della terra, che non erano di nessuno ed erano sacri per tutti. E gli aveva detto che il bufalo, il cervo, il cavallo e l'aquila erano nostri fratelli e che eravamo tutti una stessa famiglia. E gli aveva detto pure che aveva visto coi suoi occhi migliaia di bufali morti che marcivano nella prateria, lasciati là dall'uomo bianco che gli aveva sparato dal treno che passava. E poi, ancora, Coda Macchiata gli aveva detto che, anche se li costringevamo a venderci la loro terra, anche se li ammazzavamo

tutti, gli spiriti degli uomini rossi sarebbero stati per sempre tra di noi e si sarebbero vendicati.
Questo disse, quella sera, Joe, e poi non disse nient'altro, e io allora uscii dalla sua camera e mi richiusi la porta dietro, scesi le scale e me ne andai al saloon.

Capitolo 26

Il giorno dopo mettemmo giú un bel po' di traversine e io corsi su e giú dalla mattina alla sera a prendere e a portare bulloni. Portavo un secchio pieno di bulloni per ogni mano, ormai, e i due secchi, a furia di portarli, dopo un po' li sentivo che mi staccavano le braccia.
Quando ci fermammo per mangiare, presi la mia ciotola di carne di bufalo e il pane e andai a sedermi vicino a Joe, che con la sua ciotola in mano mangiava seduto da solo sotto un pino. Quando mi vide arrivare mise giú la forchetta, e col dito fece il tic della lacrima che viene giú dall'occhio e dopo fece quello del bacio.
– Ciao, Billy, come ti va la vita? – mi chiese tutto sorrisi.
Tirai su le spalle senza dire niente e mi misi seduto lí vicino, che con quei suoi sorrisi ormai non mi fregava.
Si stava bene, seduti al fresco sotto il pino. Io ero sudato marcio come gli operai, tanto che avevo la camicia appiccicata addosso, e Joe invece era fresco come una rosa, che mentre noi lavoravamo lui se ne andava a spasso con le mani in tasca o a masticare tabacco e a bere whisky.
– Fa caldo, vero? – mi fece. – Si suda.
– *Noi*, sudiamo, – dissi, – tu non mi sembri sudato!

Quando dissi questa cosa qua, Joe mi guardò con gli occhi stretti, mise giú la ciotola di ferro, fece due volte il bacio e dopo disse:
– Sputa il rospo, Billy, cosa ti rode?
Non mi aveva mai parlato con quel tono, ma ero contento che lo facesse, cosí gli potevo dire quello che pensavo.
– Mi rode che prendi i soldi per ingannare la gente che lavora, questo mi rode.
– E allora?
– E allora è un lavoro che fa schifo!
La cosa gliela dissi tutta d'un fiato, senza pensarci, e poi pensai ecco, adesso me le suona. Invece lui sorrise, fece due volte il bacio, guardò i pezzetti di bufalo nella ciotola appoggiata per terra tra i suoi piedi e fece sí, sí con la testa.
– Già, prendo i soldi come i cacciatori, – disse piano piano.
– I cacciatori sparano cartucce e io invece sparo balle.
E dopo disse che non gli dispiaceva, di avere le parole giuste per dare una mano a costruire la ferrovia, e disse che quello che gli dispiaceva era che uccidevano gli indiani.

Capitolo 27

Nemmeno a me andava giú che uccidessero i bufali e gli indiani, anche se il treno mi piaceva. Avrei voluto che noi e gli indiani ci mettessimo d'accordo sulla terra per far passare il treno, ma la cosa non era facile.

Quella sera al saloon era tutto come prima. Joe prese a raccontare come sempre, voglio dire, e mentre raccontava c'era sempre qualcuno dei coloni, dei cowboy o degli operai che, mentre lo ascoltava, si agitava sulla sedia e dopo correva fuori a caricare il carro con la sua roba e se ne andava veloce come il vento a ottanta miglia in direzione ovest. Qualcuno si portava dietro tutta la famiglia, la moglie, i figli, le galline e il cane, cosí, senza pensarci su, e mi sembrava assurdo che lo facesse solo sulla fiducia, per le parole che Joe buttava fuori tra un bicchiere e l'altro.

Certo che con le parole ci sapeva fare, Joe.

Niente da dire, con le parole ti incantava.

Ma non erano le sue parole, a impensierirmi, le sue parole piacevano anche a me. A impensierirmi era che la gente lo prendesse cosí tanto sul serio da cambiare la sua vita in due minuti. E poi pensavo che degli indiani non parlava mai, Joe, anche se lo sapevano tutti che gli indiani non erano contenti

che gli uccidessimo i bufali e gli prendessimo la terra. I pellerossa erano strani, misteriosi, tra loro parlavano da lontano coi segnali di fumo e coi riflessi degli specchi. E c'erano i Cheyenne che avevano il vizio di strappare le rotaie. Una volta strapparono un bel tratto di rotaie. Il capostazione riuscí di nascosto a gettare una balla di fieno sui binari e dopo la incendiò, cosí il macchinista del treno che arrivava si accorgeva e poteva frenare in tempo senza uscire dai binari.
Di queste cose al saloon non ne parlava mai, Joe.
Ma poi smisi di pensare a queste cose, e cercai anch'io di non perdermi quelle parole che facevano stare bene, facevano fresco, facevano passare la stanchezza e facevano venire anche a me la voglia di salire su un carro e andare via senza pensarci troppo su.
In mezzo al saloon Joe parlava con gli occhi spalancati, da matto.
E disse che a ottanta miglia c'era una terra che era un paradiso.
E le spighe venivano su ch'era un piacere.
E c'era un fiume che aveva l'acqua trasparente come l'aria.
E dentro il fiume c'erano pepite grandi come uova.
E il fiume finiva dentro un laghetto pieno di pesci lucidi ognuno grosso quanto uno stivale che, se ti avvicinavi all'acqua con la padella in mano, ci saltavano dentro da soli per farsi cucinare, e con le cipolle prendevano un sapore che ti restava in bocca per una settimana.

Capitolo 28

Il giorno dopo, finito il lavoro, invece di andare al saloon me ne andai a fare un giro a cavallo. Il cavallo non ce l'avevo, però, allora ne presi in prestito uno nero come il carbone che stava là tranquillo, legato alla balaustra del saloon, tanto sapevo che sarei tornato prima del suo padrone. Lo slegai, montai in sella, diedi un colpo di redini e il cavallo cominciò a trottare.

Ci sapevo fare, coi cavalli.

Ero un esperto.

Una volta lontano dal villaggio, lanciai il cavallo al galoppo. Ci facemmo una bella corsa in mezzo a tutta quell'erba, e non mi ricordavo piú quanto fosse bello andare a cavallo. Il sole cominciava a scendere, ma ancora qualcosa si vedeva, nella prateria. Per esempio, si vedeva lontano un fumo azzurro che saliva da dietro una piccola collina, e avevo già capito di cosa si trattava. Spinsi il cavallo in direzione del fumo, per andare a vedere da vicino.

Arrivato alla collina tirai le redini e il cavallo, obbediente, si fermò. Smontai, legai il cavallo al tronco di un albero e strisciai a pancia in giú fino in cima alla collina, e senza farmi vedere buttai gli occhi dall'altra parte.

Avevo visto giusto.
Era un accampamento di indiani, proprio come sospettavo.
C'erano un bel po' di tende di pellerossa, dietro la collina, una dozzina, a occhio, e c'erano i bambini che giocavano, i cani che dormivano, le donne che facevano da mangiare e gli uomini che spaccavano la legna. E a guardarli cosí, a casa loro, con le ombre lunghe che il sole gli faceva, anche se erano indiani selvaggi mi sembrarono gente come noi, proprio come noi, e pensai che non era giusto che gli facessimo la guerra e gli uccidessimo i bufali perché davano fastidio al treno. E poi montai in sella e me ne tornai al villaggio, e mentre tornavo sentivo come una specie di tristezza, e pensai che forse eravamo noi, i selvaggi, e dopo andai al saloon e legai il cavallo dove l'avevo trovato, e poi me ne andai a dormire.

Capitolo 29

Ma il sonno non veniva, perché pensavo agli indiani che morivano. E pensavo agli operai che si davano da fare. Un miglio di binario al giorno, mettevano giú, e Bob, il capomastro, dava a tutti una libbra di tabacco se il miglio di binario era stato sistemato dall'alba al tramonto. Lavoravano duro, gli operai, e la sera bevevano per dimenticare la fatica. Suonavano l'armonica e lo scacciapensieri. Qualcuno masticava tabacco e raccontava il ranch che voleva metter su, e i conigli, il fieno, le vacche, i vitelli e il grano, e mentre raccontava si toglieva il cappello e se lo rigirava tra le mani, e gli occhi gli brillavano. E parlava già degli stivali alti per proteggere gli stinchi, appuntiti per far entrare meglio il piede nella staffa, e degli speroni lucidi come gioielli. E dei guanti di pelle di daino, che dovevano essere morbidi e resistenti contro il filo spinato, e sicuri per tenere le redini. Certi si mettevano a suonare il banjo vicino al fuoco, e a volte qualcuno si fermava, salutava tutti e cominciava a costruirsi una casa, e la casa gli veniva su come una pianta annaffiata tutti i giorni.
Ma gli altri andavano, saltavano su un carro o sul treno e pensavano alla prossima stazione. Pensavano alle pepite d'oro da cercare col setaccio frugando nell'acqua del fiume o da cavare

dalle rocce della montagna e, senza ancora averle trovate, le pepite, pensavano già a come difenderle dai ladri, pensavano a chi tra loro era piú furbo e ci poteva fare i soldi, perché si sa, c'è sempre chi trova una pepita piú grossa della tua.
Il treno andava e si portava dentro tutti i sogni.
E a volte ci salivo anch'io.
Era lungo, il treno, era una meraviglia. Era composto da dodici vagoni, uno era pieno di attrezzi, uno era una vera officina, uno una mensa coi tavoli di legno, le pentole e la cucina, e negli altri vagoni c'erano le cuccette per dormire, e poi c'erano un po' di vagoni scoperti carichi di binari, stecche di ferro, ganasce, traversine, viti, chiodi e bulloni. E quando il treno si metteva in movimento, era come una città che se ne andava. Vedevi il fumo denso. Sentivi quel fischio melodioso. Guardavamo fuori con tutti i sogni nella testa. Andavamo forte, andavamo verso il mare occidentale.

CAPITOLO 30

Passarono ottanta giorni e poi finalmente la stazione di Golden City fu pronta, e aveva intorno un bel po' di case e di negozi, e davanti le rotaie che scintillavano al sole come due sciabole affilate.

Lavoro finito.

C'era da andarsene, adesso.

Gli operai cominciarono a smontare il cantiere, e anch'io davo una mano. Prendevo sempre un dollaro al giorno, e non era poco. Caricammo i carri e ci mettemmo in moto verso Blue River, chi sul suo carro, chi sul treno, e Joe salí sul treno e io invece su un carro. Noi coi carri non riuscivamo a stare dietro al treno.

Durante il viaggio, mentre passavamo accanto a una collina, sentimmo delle urla da farti venire la pelle d'oca, urla come gridi di uccelli o di coyote. Sopra la collina vedemmo una nuvola di polvere che si avvicinava e qualcuno gridò che erano gli indiani che attaccavano. Allora il treno e i carri si fermarono e gli uomini presero i Winchester, presero la mira e si prepararono a sparare. Gli indiani arrivarono al galoppo e si fermarono a metà collina, piú o meno a venti passi da noi, schierati uno accanto all'altro sui cavalli.

Davanti a tutti c'era Coda Macchiata con i colori di guerra in faccia.
– Non sparate! – urlò Joe agli operai, e saltò giú dal treno con le braccia alzate per andare a parlare con Coda Macchiata. Ma Coda Macchiata per risposta caricò il suo arco e gli lanciò una freccia, che si piantò ai piedi di Joe come un avvertimento.
Joe si bloccò.
Guardò in alto.
Ai suoi piedi c'era ancora su un po' di polvere sollevata dalla freccia.

Capitolo 31

Un momento dopo i Sioux frustarono i cavalli e calarono giú dalla collina con quel loro urlo che ti faceva venire i brividi, e ci spedirono sulla testa una quantità di frecce e di lance come se piovesse. Tutti cercammo di ripararci come potevamo, e anche Joe tornò sul treno e si nascose da qualche parte. I Winchester cominciarono a sparare, partirono frecce e partirono pallottole, e in due secondi da una parte e dall'altra c'era gente che moriva.
Quando se ne andarono, i Sioux lasciarono per terra i loro uomini e i loro cavalli morti, e pure noi avevamo uomini e cavalli morti con le frecce conficcate nella carne, e dappertutto c'era sangue e gente che piangeva. Uscii dal mio nascondiglio e vagai intorno a casaccio. Respiravo forte dal naso. Il cuore mi picchiava a mille. C'era odore di sangue e di polvere da sparo. C'erano cavalli con la pancia aperta e le budella fuori. Ce n'era uno con le zampe che puntavano verso il cielo come un tavolo ribaltato. Vidi da vicino un indiano morto. Non ne avevo mai visto uno da vicino. Era riverso sulla schiena e gli occhi spalancati erano fissi sulle nuvole. La pallottola lo aveva centrato in testa, e i suoi capelli lunghi inzuppati di sangue erano appiccicati al terreno al punto che sembravano serpenti neri.

Molti dei nostri morti non avevano piú i capelli, e al posto dei capelli c'era sangue, e sotto il sangue si vedeva il bianco dell'osso del cranio che luccicava al sole come un sasso. Mi venne in mente una cosa che una volta mi aveva detto Joe, che i primi scalpi li avevano presi i bianchi agli indiani per dimostrare alla compagnia ferroviaria quanti ne avevano uccisi e prendere il premio, e dopo un po' di tempo avevano cominciato a prendere scalpi pure gli indiani a noi. E poi mi venne in mente un'altra cosa che Joe mi aveva detto: che all'inizio gli indiani in battaglia andavano senz'armi, solo con un bastone, e se col bastone toccavano il nemico erano contenti e smettevano di combattere. Allora pensai che forse avevamo cominciato noi, a fare la guerra, e che gli indiani si stavano solo difendendo.

Qualcuno cominciò a medicare i nostri feriti. Qualcuno scavò in silenzio le buche per seppellire i nostri morti, qualche altro spostò gli indiani morti dalle rotaie. Poi Bob, il capomastro, diede ordine di ripartire e il treno tremò, tremò piú delle altre volte, fischiò, sbuffò e si mise in moto. Anche le ruote dei carri ripresero a girare, i carri ripartirono e nessuno piú parlava, e io nel mio carro avevo un buco nello stomaco come se avessero sparato pure a me, e pensavo a tutto quello che avevo visto e che non conoscevo.

Capitolo 32

Quando arrivammo a Blue River ritrovammo un po' di gente che avevo conosciuto a Golden City o a Hopeville, gente che era venuta a recintare un pezzo di terra e a tirar su una casa, incantata dalle parole di Joe. Mentre saltavo giú dal carro sentii una voce che mi chiamava per nome, e quando mi voltai vidi Ralph e Benny che mi correvano incontro con le fionde in mano.

– Cosa ci fate qui? – gli chiesi, e li abbracciai, ed ero cosí contento di vederli.

– Siamo arrivati un mese fa, per via del tuo amico Joe, che nostro padre aveva sentito parlare al saloon, – rispose Ralph. – Solo che nostro padre ha voluto strafare, e invece di ottanta miglia ce ne ha fatte fare centosessanta, e adesso siamo qui, e quella là in fondo è casa nostra.

– E la casa coi meli?

– Mio padre per venire qui l'ha scambiata con un carro e due cavalli, – rispose Benny, e poi, siccome si accorse dei feriti e della gente che piangeva, mi chiese cos'era successo. E, quando raccontai degli indiani, Ralph disse che gli indiani ogni tanto da lontano si facevano vedere anche da loro, ma che per ora non li avevano mai attaccati. E comunque suo padre dormiva col Winchester accanto al letto, e lui e Benny accanto al letto ci tenevano le fionde.

– Vieni a vedere casa nostra? – mi chiese Benny, e io dissi subito di sí perché ero un po' curioso. Ma poi, mentre andavamo, pensai che forse Mr. Lucky, se mi vedeva, poteva ricordarsi che nella casa vecchia con la fionda gli avevo tirato il sasso in testa quand'era al gabinetto, e magari mi sparava.

Quando arrivammo a casa loro, Mr. Lucky era nel campo che zappava. Aveva un cappello di paglia.

Non alzò nemmeno la testa.

– Sempre in giro, voi due, eh? E io qua a spezzarmi la schiena!

Quando Ringo mi vide cominciò ad abbaiare a piú non posso e mi saltò addosso per farmi le feste e per farsi accarezzare.

– Guarda, ti riconosce! – fece Benny.

Suo padre allora di colpo alzò la testa, si asciugò la fronte col dorso della mano e mi guardò di traverso.

– Sei già stato qua, ragazzo? – mi chiese sospettoso, e in mezzo alla fronte gli si formò una ruga.

– No, – si mise in mezzo Ralph, – è la prima volta.

– Eppure...

Mr. Lucky si appoggiò al legno della zappa, si tolse il cappello e si grattò la testa.

– Vieni che ti facciamo vedere i cavalli! – fece Ralph, e mi tirò per un braccio.

Suo padre ci cascò e non disse niente, si rimise a zappare e non disse piú niente, ma quando mi voltai vidi che si fermava, alzava la testa e mi guardava.

Capitolo 33

I cavalli erano uno splendore. Erano due mustang col pelo bruno e lucido che sotto le dita era velluto. Erano belli davvero, e io ne capivo di animali, voglio dire. Quei due morbidi mustang mi fecero venire in mente il mio Blacky, che mi fece venire in mente mio padre, che mi fece venire in mente mia madre, mio fratello e casa mia, che mi fecero venire la tristezza.

Mi mancavano, i miei, cavoli.

Mi mancavano la stalla e il fieno.

Mi mancavano perfino le cinghiate di papà.

– A cosa pensi, Billy? – mi chiese Benny.

– A casa mia.

– Ti manca?

– Un po'.

Per distrarmi attaccai a parlare di quello che sapevo sui cavalli, e dissi degli indiani e dei loro appaloosa bianchi macchiati di nero, e dissi che Joe mi aveva spiegato che i pellerossa avevano nomi che sembravano versi di poesie, tipo Fiore del Deserto, Spirito di Tempesta, o Brezza qualcosa del genere. E a raccontare quelle cose feci un figurone, perché mi accorsi che Ralph e Benny, mentre parlavo, si erano messi seduti sul fieno della stalla e mi ascoltavano con gli occhi sgranati e la bocca spalancata, e io mi sentivo un po' come Joe quando parlava nel saloon. Allora mi lanciai e raccontai che sui cavalli gli indiani ci andavano senza sella, e che coi cavalli ci andavano a caccia di bufali.

– Questo già lo sapevamo! – fece Benny.

– Già... – dissi, e cercai qualcosa di piú interessante da dire. Non mi veniva niente, ma dopo un po' qualcosa mi venne, per fortuna.

– Forse non sapete che per gli indiani tutti gli animali sono sacri, – dissi, – e il bufalo è il piú sacro di tutti, e gli indiani non ne uccidono mai piú di quelli che gli servono per non morire di fame. E la lingua e il fegato spettano all'indiano che ha ucciso l'animale, o agli anziani o alle donne incinte.

– No, questo non lo sapevo, – disse Benny.

– Io nemmeno, – fece Ralph.

Io sorrisi e pensai che avevo fatto un figurone.

Capitolo 34

Mi invitarono a cena da loro, Ralph e Benny, o meglio, il padre mi invitò. Pensai che Mr. Lucky mi invitava solo perché voleva scoprire dove mi avesse già visto ma, quando portò a tavola la frittata, il profumo che faceva mi fece dimenticare tutto e mi buttai a testa bassa sul piatto.
– Ti piace la nostra città? – mi chiese mentre tagliava una fetta di frittata per Ralph e una per Benny.
– Mica male! – bofonchiai con la bocca piena.
– La frittata o la città? – fece Ralph ridendo.
– Tutt'e due.
– Lo so che ancora non è una vera città, – continuò il vecchio, – ma col tempo vedrai che diventerà un gioiello!
Si vedeva che gli piaceva, la sua città. Disse che era orgoglioso del fatto che aveva cominciato a popolarsi e che avessero già una farmacia, anche se il farmacista era uno che beveva ed era sempre sbronzo.
La frittata me la divorai, che era un po' che non mettevo niente nello stomaco.
Si stava bene, in quella casa. Il camino acceso metteva di buon umore. Ai miei piedi c'era Ringo che aspettava qualcosa da mangiare. Ogni tanto gli lanciavo un boccone di

pane, che lui beccava al volo e mandava giú senza neppure masticare.

– Adesso che ci arriva il treno diventerà una città importante, – ricominciò il vecchio, – e anche casa nostra e il nostro terreno avranno un altro valore. E anche per gli indiani sono piú tranquillo, adesso che in città ci sono gli operai.

Poi il vecchio si accese un sigaro, sbuffò un paio di nuvole di fumo, si alzò, buttò il fiammifero nel fuoco del camino, tornò a sedersi e tornò a guardarmi con attenzione.

– Eppure io ti ho già visto da qualche parte, ragazzo... – disse grattandosi la barba che non si faceva da qualche giorno.

Ficcai la testa nel piatto, anche se nel piatto di frittata non ce n'era piú.

Capitolo 35

Quella notte dormii a casa di Ralph e Benny, per una volta in un letto vero. All'alba del giorno dopo gli indiani attaccarono la città. Non fu un attacco vero e proprio, vennero giusto a lanciare quattro frecce e dopo se ne andarono. Lo spavento ce lo prendemmo lo stesso, però, perché era la prima volta che venivano fino in città. Quando arrivarono, la campana del cantiere cominciò a suonare a martello, gli uomini di guardia svegliarono tutti e gli operai lasciarono le baracche dove dormivano, imbracciarono i Winchester e cominciarono subito a sparare. I coloni uscirono dalle loro case coi Winchester e con le Colt in mano, saltarono in groppa ai cavalli e andarono a dare una mano. Anche Mr. Lucky cercò di darsi da fare, e cosí si alzò di corsa, mise i pantaloni sopra i mutandoni di lana, poi infilò gli stivali e corse in cucina a bere qualcosa.
– È un tranquillante! – mi fece, perché aveva visto che lo guardavo. – Me lo ha dato il farmacista.
E dopo aver bevuto, prese il Winchester e tirò fuori uno dei due cavalli dalla stalla e, mentre sellava il cavallo, mi disse che prendeva il tranquillante perché gli indiani lo facevano agitare, e se non stava calmo la mira poi ne risentiva.
Poi prese il cavallo per le redini, se lo tirò dietro e si avviò

a piedi verso il cancelletto di casa. Si vedeva, però, che non aveva una gran voglia di menare le mani.
– Sta' attento, pa'! – gli fece Ralph.
– Sta' attento! – ripeté Benny.
– Tranquilli, ragazzi, me la cavo.
E poi, di colpo, vedemmo che Mr. Lucky si teneva la pancia e si piegava in due, e dopo fece come il verso di un animale.
– Cosa c'è, pa', stai male? – chiese Ralph.
– Cosa c'è, pa'? – ripeté Benny.
– Niente, ragazzi, tutto bene.
Poco dopo scoprimmo che il farmacista, che era sempre sbronzo, al posto del tranquillante per sbaglio gli aveva dato un lassativo e allora, proprio mentre montava a cavallo, Mr. Lucky si fece la cacca addosso. Dalla puzza il cavallo s'imbizzarrí, disarcionò il suo cavaliere e scappò al galoppo fin sopra le colline, e tornò a casa solo il giorno dopo.

Capitolo 36

Adesso stavamo sempre insieme, io, Ralph e Benny. Dormivo a casa loro e, quando loro non erano nei campi col padre e io non ero al cantiere, ce ne andavamo in giro a rompere bottiglie con le fionde. Ci divertivamo come matti, e la mia mira era migliorata di molto, devo dire. Certo, non sempre le bottiglie erano vuote e appoggiate a un muretto. A volte erano in mano a qualcuno che si stava scolando un po' di whisky a garganella e, quando la bottiglia gli esplodeva tra le mani, quello lí non è che fosse proprio contento dello scherzo, per il whisky sprecato e per lo spavento, voglio dire, e allora ci correva dietro per farcela pagare.

Insomma a forza di lavorare e uscire a caccia di bottiglie con la fionda, erano un po' di giorni che non andavo al saloon e non vedevo Joe. Poi una sera lo incontrai. Lo incontrai che passeggiava col cappello in testa e le mani in tasca. Veniva dalla parte opposta alla mia. Quando lo vidi cambiai subito direzione e mi misi a passeggiare al suo fianco, e misi anch'io le mani in tasca.

– Ciao, Joe, – gli feci. – Come ti va?

– Mi va alla grande, Billy. E a te?

– Alla grande, Joe.

– Ma dov'eri finito?
– Ho certi amici qui in città e allora sto con loro, Joe.
– Sicuro che non sia un'*amica*? – fece, ridendo e dandomi di gomito.
Nemmeno gli risposi. Non mi piaceva quando faceva cosí, Joe. Io una ragazza non ce l'avevo e, anche se di ragazze ce n'erano in città, non avrei saputo da che parte cominciare. Guardare le guardavo, certo, ma il fatto è che non osavo avvicinarmi.
Mi mancava lo spunto, ecco.
– E tu, Joe, ce l'hai, tu, una ragazza? – gli chiesi a bruciapelo.
– Ce l'avevo, ma mi ha lasciato.
Lo disse dando un calcio a un sassolino, e il calcio fece alzare una piccola nuvola di polvere. Si fece un poco di silenzio e dopo Joe ricominciò, e disse che lei non capiva il suo lavoro e cercava di separare lui dai suoi racconti, come se quello fosse un lavoro che si poteva abbandonare da un giorno all'altro. Poi si fermò, si tolse il cappello, si girò verso di me e a voce piú alta disse ancora:
– La Union Pacific Railroad becca dal governo sedicimila dollari e dodicimila acri di terreno per ogni miglio di rotaie posate, ragazzo, lo capisci? Per non dire dei guadagni che si becca vendendo le azioni. E gli operai prendono tre dollari al giorno, e non è poco, per dei disperati!
Rimase per un po' cosí, con le mani che strapazzavano il cappello come uno straccio. Fece due volte il tic del bacio, poi si rimise il cappello in testa, si ficcò di nuovo le mani in tasca e riprendemmo a camminare e, dopo aver fatto una volta il

tic della lacrima e tre volte quello del bacio, con la voce piú calma, senza guardarmi, disse che in quel lavoro ci metteva dentro tutto se stesso, quello che non era e quello che non aveva fatto nella vita, e disse che era cosí, la vita, come la ferrovia, una strada che ti fai tu con le tue mani giorno per giorno.

Capitolo 37

E alla fine una ragazza la trovai. Anzi, fu lei a trovare me.
Una domenica che io, Ralph e Benny con le fionde andavamo a caccia di lepri, lei comparve come un angelo in cima al monticello. Il monticello era una specie di collinetta di terra brulla sulla quale io e i miei amici ci arrampicavamo per meglio guardarci intorno e progettare le nostre imprese. Ci andavamo appena avevamo un po' di tempo, sul monticello, tutte le nostre avventure si poteva dire che cominciassero dal monticello.
Quella domenica, seduti lassú, avevamo deciso di dedicarci alla caccia delle lepri. Non era facile, beccarle, perché erano veloci. Scartavano di lato all'improvviso e ti lasciavano là come un salame.
Ma noi avevamo la nostra strategia. La nostra strategia era che Ralph e Benny correvano dietro alla lepre uno da una parte e uno dall'altra, spingendola verso delle rocce alte e strette, dove il sentiero si restringeva come un imbuto e diventava una specie di cunicolo, e alla fine del cunicolo c'ero io ad aspettare la lepre con la fionda pronta in mano.
Ero diventato bravo, con la fionda.
Con me le lepri non avevano scampo.

Le facevo secche in due secondi.
Ma quella volta arrivò lei a rovinare la festa.
La prima lepre me la fece scappare perché, proprio mentre la lepre usciva dal cunicolo e io stavo per mollare l'elastico della fionda, sentii un urlo sopra di me che mi fece sbagliare la mira. Mi voltai per capire chi si divertiva a fare scherzi idioti come quello, e fu cosí che la vidi per la prima volta, dritta in piedi sul monticello, coi pantaloni come un maschio, le mani sui fianchi, che rideva soddisfatta. E aveva un sorriso che faceva luce. Era rossa di capelli, e il vento glieli agitava a un lato della testa come un fuocherello.
– Me l'hai fatta scappare! – le gridai.
– Era quello che volevo! – disse. – Quelle lepri non vi hanno fatto niente!
Carina era carina, ma con quell'urlo del cavolo mi aveva fatto girare le scatole, per dire, cosí caricai la fionda e le tirai un sasso. Il sasso era piccolo, e comunque tirai un po' piú in là di dov'era lei, giusto per spaventarla un po'. Se avessi voluto l'avrei centrata in pieno, ma volevo solo spaventarla, e infatti scappò via dal monticello e io presi a concentrarmi sulla lepre successiva.
Ralph e Benny ne inseguirono un'altra e la costrinsero a venire verso di me, verso la sua condanna a morte certa ma, proprio mentre la lepre usciva e io stavo per tirare, mi arrivò una forte spinta alle spalle che mi mandò a faccia in giú nella terra, e la testa quasi mi si incastrò tra due grosse pietre. Mi tirai su a fatica, sputando terra dalla bocca e tenendomi la testa con tutte e due le mani, e mi girai per vedere chi mi aveva spinto.

Capitolo 38

A spingermi era stata lei, naturalmente, la rossa che nel frattempo era scesa giú dal monticello.

Mi rialzai e feci finta di essermi fatto molto male, chiusi gli occhi, poi mi lasciai andare e feci finta di svenire.

– Ti sei fatto male? – fece lei con la voce preoccupata e, siccome non rispondevo, si chinò su di me che me ne stavo sdraiato per terra con gli occhi chiusi, e i suoi capelli mi sfiorarono la faccia. Non potevo aprire gli occhi, altrimenti si accorgeva che facevo finta, ma lo stesso lo sentivo che profumava di violetta. O forse di ciclamino, o forse di magnolia, insomma profumava di buono.

– Scusa, non volevo farti male! – disse ancora, ma io col cavolo che rispondevo. Aprii appena appena un occhio, giusto per vederla da vicino, e mi mancò il fiato. Era proprio carina, ragazzi, aveva gli occhi chiari e il viso tutto spruzzato di lentiggini. Intanto sentivo il frusciare delle zampe della terza lepre che scappava dal cunicolo, la terza lepre che mi scappava sotto il naso, cavoli, e cercavo di non pensarci.

A questo punto feci finta di riprendermi, e ancora mi tenevo la testa per farle capire che la botta che avevo preso per colpa sua era stata forte.

– Va meglio? – mi chiese.
– Un po', – risposi.
– Vuoi che ti accompagni a casa? Dove abiti?
– Da nessuna parte, – risposi con la voce drammatica, tenendomi la fronte. – Sono scappato di casa, i miei abitano a Nadine, e io sono qui da solo.
– Davvero non hai nessuno?
– Già. Non è bello, ti assicuro, non avere mai nessuno che si preoccupa per te, che ti chiede come va la vita, ragazzo, dài che andiamo a farci un giro.
Lei ascoltava in silenzio, adesso, con gli occhi che cominciavano a diventarle lucidi. Stavo facendo colpo. Intanto continuavo a tenermi la fronte con tutte e due le mani, giusto per dare l'idea di quanto male mi avesse fatto.
Fino a quel momento non pensavo di essere cosí bravo con le parole. Pensai che a furia di sentire Joe ero diventato bravo anch'io. Allora ci diedi dentro ancora di piú, e le dissi che ero scappato di casa perché mio padre mi picchiava con la frusta e mi tagliuzzava le braccia col coltello, perché mia madre non mi dava da mangiare per giorni, perché mio fratello Tom aveva cercato di darmi fuoco mentre dormivo e perché il mio sogno era diventare macchinista della ferrovia. E tutte queste cose non erano proprio tutte balle, no, erano un poco finte e un poco vere.
Lei alzò la mano e pensai che volesse mollarmi uno sganassone per via delle balle che dicevo, invece mi passò dolcemente la mano nei capelli e, quando la passò, fu come se ci fosse il vento, nei capelli, invece della mano. E dopo sospirò

e con la voce dolce disse che lamentarsi non serviva a niente e che c'era solo da darsi da fare perché, se per raggiungere una cosa che volevi, la strada ancora non c'era, te la potevi sempre fare tu con le tue mani. E poi mi diede un bacio sulle labbra. Sulle labbra, ho detto, mica sulla fronte.

Capitolo 39

Da quel giorno entrò anche lei nella compagnia, e si chiamava Lucy, e di bello aveva che ruttava come un maschio, ad arrampicarsi sugli alberi era piú brava di noi e, quando facevamo a chi sputava piú lontano, lei sputava sempre almeno tre spanne piú in là di Ralph, che tra noi maschi era il piú bravo. A correre arrivava seconda, dopo di me e prima di Ralph e di Benny, e per la fionda un giorno spezzò un ramo e se la fabbricò da sola, ed era la piú bella fionda che si fosse mai vista in tutta la prateria.
Lucy era la figlia del reverendo Smith, un pastore metodista e predicatore che era venuto a Blue River per convertire gli ubriaconi, e le donnine che giravano attorno agli ubriaconi come mosche intorno al miele per fregargli un po' di soldi.
A Blue River il pastore era arrivato da una settimana, giusto il tempo di mettere insieme quattro assi di legno con su una croce e chiamarla chiesa. Era venuto pure a dire messa, e alla prima messa parteciparono cinque persone e un cane e, delle cinque persone, tre erano vecchiette, una era Lucy e uno era il sagrestano. Lucy aiutava anche suo padre in casa. Preparava il pane, preparava una specie di caffè dal grano secco e usava grani di sorgo per zuccherarlo, preparava l'aceto dal succo

di melone e lo sciroppo dalla resina degli alberi. Tutte cose che noi maschi non sapevamo certo fare, figuriamoci, ma il bello di Lucy era proprio questo, che lei sapeva fare tutto quello che sapevamo fare noi, e noi invece di quello che faceva lei non sapevamo fare niente. Stavamo sempre tutti insieme. Durante la settimana ciascuno faceva la sua vita, certo, ma la domenica noi ragazzi stavamo sempre tutti e quattro insieme. A volte giocavamo a lanciare i ferri di cavallo contro un picchetto, e vinceva chi ci arrivava piú vicino. Altre volte ci arrampicavamo sugli alberi e, mentre uno stava di guardia, gli altri rubavano le mele. Una domenica che il cielo brontolava, organizzammo una spedizione al ranch di uno che aveva delle mele che solo a guardarle ci lasciavi gli occhi e, mentre io e Lucy stavamo sul ramo ad arraffare mele, venne un bel temporale, e allora Ralph e Benny se la filarono al coperto. Noi due invece restammo appollaiati sopra il ramo, che tanto l'albero ci riparava. E, siccome il temporale non finiva, dopo un po' attaccammo a mangiare mele perché c'era venuta fame. E mentre mangiavamo e ridevamo, io le presi il viso tra le mani e la baciai, la baciai per bene, con la lingua, voglio dire, e da vicino le lentiggini sembravano di piú, e aveva la lingua che sapeva di mela.

Capitolo 40

Il giorno dopo era lunedí e si ricominciava a lavorare. Ralph e Benny tornarono nei campi, Lucy tornò a casa sua e io tornai al cantiere. Ricominciai ad andare su e giú coi secchi in mano e, anche se Bob, il capomastro, mi stava addosso, lo stesso ogni tanto passavo a buttare un occhio alla locomotiva. Andavo a guardare il macchinista, che se la coccolava come una bambina e metteva l'olio alle bielle e ai cuscinetti, e lo faceva con la stessa cura che al ristorante i camerieri mettevano per condire l'insalata all'ispettore della Union Pacific, quando veniva a controllare come andava il lavoro giú al cantiere. George, il macchinista, era un tipo grosso che ci passava la giornata, a lubrificare i tubi del fumo e a ripulire il focolaio. A volte metteva la caldaia sotto pressione per provarla e tenerla in moto. Quando gli operai avevano bulloni a sufficienza, andavo a guardarlo caricare il focolaio e accendere. Senza che me lo chiedesse gli davo una mano, col cesto prendevo il carbone dal carro e lo caricavo sul tender. Lui mi lasciava fare e non diceva niente. Quel giorno invece parlò.

– Ti va di fare da fuochista, ragazzo, mentre dò una controllata?

– Certo! – gli feci, e non vedevo l'ora.

Mi fece salire su, mi diede la pala e mi spiegò che bisognava lanciare bene il carbone con la pala per farlo finire al suo posto. E dopo accese il fuoco e mi lasciò fare il fuochista per un po', e disse che cosí capivo il caldo che faceva a stare là vicino al fuoco. Controllò che la caldaia fosse riempita d'acqua al punto giusto, e dopo rabboccò l'olio lubrificante. E, mentre lavoravo e sudavo come un mulo, disse che ero bravo, per essere uno che spalava carbone per la prima volta, che ero bravo quasi come il suo fuochista e, mentre si puliva le mani con lo straccio, disse che la macchina era a posto, che il tiraggio andava bene e la distribuzione girava alla grande. E poi mi guardò dritto negli occhi, mi puntò il dito e disse una cosa che mi fece tremare le gambe.

– Quando partiamo tu vieni su con me! – disse.

Capitolo 41

La sera lo raccontai ai miei amici vicino al fuoco che avevamo acceso in mezzo all'erba, e quando lo raccontai nessuno parlò piú.
– Non ho detto che ci vado, – feci, – ho detto solo che lui mi ci vorrebbe!
Ma subito dopo si fece un sacco di silenzio, e si sentiva solo la legna che scoppiettava. Ralph tirò fuori il coltello, lo aprí e cominciò a fare la punta a un rametto verde, Benny buttò un ciocco di legno nel fuoco e Lucy si alzò e scappò via.
Lo sapevano che morivo dalla voglia di andarci, e sapevano che ci sarei andato. Ralph lanciò il rametto verde nel fuoco, il rametto fece un fumo acre e dopo Ralph cominciò a parlare guardando tra le fiamme. Disse che nella terra che lavorava nel campo di suo padre c'erano erbe testarde che non venivano mai via ed erbe buone che sparivano da sole anche se ci stavi dietro, e dopo disse che ero cosí, io, un'erba buona che se ne voleva andare. E mentre parlava, apriva e chiudeva il suo coltello e guardava fisso dentro al fuoco.
Ce ne andammo a letto presto, e quella notte non dormii e pensai a Ralph, a Benny e a Lucy, soprattutto a Lucy, e la notte che c'era fuori me la sentivo tutta dentro. Chiudevo

gli occhi e mi venivano davanti George e la locomotiva, e il termometro e l'indicatore di livello dell'acqua, le sabbiere coi tubi lanciasabbia, le valvole, i manometri e le leve. Vedevo George che guidava e io vicino a lui ero il fuochista che buttava dentro il carbone. E poi pensavo che c'era di buono che stando sulla locomotiva potevo andare sempre dietro a Joe. Guardavo le stelle fuori della finestra e pensavo alla fortuna che avevo avuto di trovare amici come Ralph, Benny e Lucy, e alla fortuna di salire su una locomotiva, e a come le fortune per un bel po' non arrivano, e certe volte arrivano tutte insieme e tu non sai che fare. E mentre pensavo a tutte queste cose le ore passavano e il sonno non veniva, e io pensavo a tutta la notte che avevo dentro e che nessuno mi toglieva.

Capitolo 42

La mattina dopo un operaio venne a chiamarmi e disse che il macchinista mi voleva. Andai di corsa a sentire, e cosí mi dimenticai completamente dei bulloni.
– Ciao, Billy, – fece George, – benvenuto!
Disse che voleva che ogni giorno andassi sulla macchina a vedere il fuochista come lavorava, cosí imparavo e ogni tanto potevo dargli il cambio. Il fuochista era accanto a lui, in quel momento, si chiamava Richard, e disse che era un lavoro faticoso, fare il fuochista, e se c'era uno che gli dava il cambio certo non gli faceva schifo.
– Quando cominciamo? – chiesi.
– Ti va di cominciare subito? – fece George, e io dissi di sí.
Prima George mi insegnò come si metteva l'olio nelle bielle senza sprecarlo, mi fece accendere il fanale a petrolio, mi mostrò le valvole e la leva del freno e mi fece pulire il focolaio, e tutto mi sembrava come un sogno nuovo senza fine.
Poi accendemmo il focolaio.
Io e Richard ci davamo il cambio, col carbone, una badilata io e una lui, ma io ci mettevo un sacco, a prendere il carbone, e lui invece ci metteva niente. Il caldo era forte, si sudava, e mi sembrava che la faccia e le mani prendessero fuoco.

Andammo avanti una buona mezz'ora, e le spalle non me le sentivo, poi George disse:
– Ci siamo, è calda!
Fece salire la pressione, regolò il tiraggio e lasciò andare la leva del freno.
La locomotiva si svegliò, sbuffò come se avesse ancora sonno e non volesse muoversi, tossí, si stiracchiò e piano piano cominciò a scivolare sopra le rotaie. Io da là sopra la guardavo andare, guardavo tutto quel fumo bianco e nero che veniva fuori da sopra e da sotto, e non ci potevo pensare che il fumo faceva muovere le ruote, mi sembrava sempre come una magia. La locomotiva faceva nubi bianche dense come panna, le buttava fuori dal fumaiolo e dalle ruote. Era un fumo profumato, davvero. Mi sporsi fuori con la testa, chiusi gli occhi, tirai su col naso e l'annusai e, anche se era fumo di carbone, aveva un buon profumo di minestra saporita, come quella della mamma.
Poi George tirò il freno e rallentò, perché il binario già finiva. La locomotiva ci aveva preso gusto, ad andare, e quando George tirò il freno fece proprio come quando piange una bambina. Poco a poco perse velocità, e se guardavi giú c'erano scintille per via del ferro che strusciava contro il ferro.
Ero felice di aver viaggiato su una locomotiva, anche se solo per un poco. Ero cosí felice che saltai giú e gridai, e non mi accorsi che avevo dietro Bob, il capomastro, che arrivava.

Capitolo 43

Mi corse dietro e me le voleva dare, ma io saltai di nuovo su come un lampo e mi nascosi dietro a George.

– Cosa ci fai, tu, là sopra? – mi urlò. – Cerchi i bulloni?

– Lascialo stare, Bob, sono stato io a chiamarlo, – fece George.

– Non sto parlando con te, George, parlo col piccolo verme!

– Sono stato io a chiamarlo, ti dico!

– E lui non doveva venire, George, perché prende ordini solo da me! Lo sai?

– Lo so, Bob, però a me serve, uno come lui.

– Serve anche uno che porti i bulloni agli operai, altrimenti col cavolo che domani partiamo!

– Ma a me serve un aiuto fuochista.

Bob si tirò via il cappello e lo lanciò nella polvere. Non sembrava contento. Quando lanciò il cappello si alzò una bella nuvola di polvere. Con le mani sui fianchi Bob guardava il cappello e faceva sí, sí con la testa, ma non sembrava contento.

– Se proprio lo vuoi, 'sto moccioso, puoi prenderlo di notte, solo di notte! – disse alla fine. – Quando il lavoro è fermo!

– Grazie, Bob! – fece George sorridendo. – Ti devo una birra!

– Adesso però datti da fare coi bulloni, ragazzo, – mi fece Bob, – se non vuoi sentire la mia cinghia!

Poi Bob raccolse il suo cappello, gli diede una spolveratina, se lo ficcò in testa e si avviò, e io dietro. Mi voltai solo un attimo a guardare George e vidi che mi faceva l'occhiolino.
Fino al tramonto ripresi a portare in giro bulloni nel secchio di zinco, secchi vuoti fino al magazzino e secchi pieni fino alle rotaie, ma appena suonò la campana corsi ad arrampicarmi sulla locomotiva, che non vedevo l'ora di toccarla.

Capitolo 44

Lavorai con George e Richard tutta la notte, ed era meglio che stare a sentire Joe al saloon che parlava. George mi spiegò tutte le cose del motore, di come l'acqua diventava vapore e serviva a far andare gli stantuffi, e di quando c'era da usare le sabbiere per soffiare sabbia sotto le ruote per non farle slittare. Mi fece vedere l'indicatore di pressione e i tre rubinetti della caldaia, e disse che da quello piú alto usciva solo vapore, dal piú basso solo acqua e dal mediano una miscela. Spiegava e spiegava, e aveva questo, di bello, George, che ogni leva e ogni rubinetto me li spiegava e poi me li faceva provare, e a furia di provarli io imparavo.

– Ehi, guarda un po' chi viene a trovarci! – fece a un tratto Richard e, quando mi girai a guardare, dietro di me c'era Lucy con un bicchiere di birra gelata in mano.

– Per il fuochista! – fece. – Solo per lui che ha caldo piú di tutti!

Pensai che avrebbe potuto portare una birra anche a me, Lucy, perché ero fuochista anch'io, e poi pensai che se non l'aveva fatto era perché era arrabbiata perché me ne andavo. Dopo quella sera non avevamo parlato piú del fatto che partivo. Era una di quelle cose che non sai come dirle.

– Buona! – fece Richard leccandosi la schiuma dalle labbra. – Un po' amara, ma buona!

Riprendemmo a lavorare. Riempimmo d'acqua la caldaia e il tender di carbone. Provammo la pressione, la distribuzione, i freni e il regolatore, che poi era la leva che ti faceva accelerare, pulimmo tutto e mettemmo l'olio dove andava messo.

Alla fine eravamo stanchi e soddisfatti. Andammo a dormire che era quasi giorno, ma io non dormii, perché ero felice che qualche ora dopo si partiva, ed ero triste perché forse i miei amici non li avrei piú rivisti.

Capitolo 45

La mattina dopo arrivò in un lampo, e mentre spuntava il sole tutti caricavano i carri e il treno. La prossima città era Greenville, e io volevo andarci.

Al momento di partire George cercava il fuochista, e mi chiese di dargli una mano, ma del fuochista nemmeno l'ombra. Cerca che ti cerca alla fine lo trovammo, ed era al cesso che si teneva la pancia con le mani. Quando uscí aveva la faccia piú bianca della camicia bianca che aveva addosso, e riuscí a dire solo mi sento ma... e poi tornò dentro a fare il resto.

– Ci muoviamo? – urlava il capomastro, e andava su e giú lungo il binario, e sputava a terra e non lo teneva piú nessuno.

– Sono senza fuochista! – gli urlò George da lontano. – Come faccio?

– Arrangiati! – urlò il capomastro alzando tutte e due le mani.

– Prendo il ragazzo! – fece George, e mi puntò il dito. – È sveglio, se la cava!

– Prendi chi cavolo ti pare e datti da fare! Ma sbrighiamoci, che devo essere a Greenville prima di sera!

E cosí il fuochista diventai io, e non mi sembrava vero, e dalla cabina di guida ringraziavo la fortuna che aveva fatto venire la cacarella a Richard proprio al momento giusto.
Ralph, Benny e Lucy vennero a salutarmi, e c'era vento, e Lucy aveva gli occhi bui e quel fuocherello di capelli che tremava.
– Visto che la birra ha funzionato? – disse, e nel dirlo gli occhi fecero un brillio. Io non capii subito cosa volesse dire, ma poi capii che il lassativo del farmacista a qualcosa era servito, e allora ci mettemmo a ridere tutti e quattro come scemi.
Poi George fece un gesto con la testa e io cominciai a buttare carbone dentro il focolaio, e la macchina cominciò a sbuffare.
– Dacci dentro, ragazzo, – fece George, – che adesso si fa sul serio!
Poi mollò il freno, tirò il cavo e fece uscire il fischio, e partimmo. Presi a spalare carbone a tutto andare, allora, e dalla gioia la fatica stavolta neppure la sentivo.

Capitolo 46

Andavamo forte, la prateria ci scappava via di lato come un lampo, e dove passava il treno gli uccelli volavano via per il rumore e per il fumo. Ero felice. Poi George mi fece la domanda.

– E il tuo amico Joe che fine ha fatto?

– Non me ne frega niente, – gli risposi.

– Ma non era tuo amico?

– Prima.

George non chiese piú niente, allora, anche se io avevo proprio voglia di parlarne. Rimase zitto, e teneva gli occhi sulla caldaia e la temperatura.

– È un bugiardo! – dissi dopo un po'.

– Perché è un bugiardo?

– Perché racconta balle alla gente!

George mi guardò tutto serio, si lisciò i baffi e disse che non era un bugiardo, Joe. Disse che la Union Pacific assoldava i cacciatori per cacciare i bufali con cui sfamare gli operai della ferrovia, e assoldava quelli come Joe, che sapevano parlare, per dar da mangiare sogni agli operai e ai coloni. E disse che i sogni ci volevano, per fare le cose, perché senza sogni non fabbricavi niente. Poi regolò un pochino la valvola del vapore, si lisciò ancora i baffi e dopo disse che costruire la piú grande ferrovia del mondo non era un gioco da ragazzi, no di certo, perché per costruire una ferrovia da un oceano all'altro ci voleva un intero popolo che sognava. E per far credere a tanta gente, bianca, rossa, nera e gialla, che ce la poteva fare, ci volevano le parole di quelli come Joe, le parole giuste, tutte quelle parole che insieme significavano una parola sola, una soltanto, e quella parola era «speranza».

Capitolo 47

Andavamo da un bel po', il focolaio adesso era tutta una fiamma, cosí potevo riposarmi e stare un po' senza spalare. Rimasi a guardare George che guidava quella macchina, che con lo straccio le dava l'olio e poi la accarezzava come una signorina, guardavo le leve che toccava e i gesti che faceva, e mi sembrava sempre tutto giusto.

E poi capitò.

George si voltò a guardarmi e me lo disse secco:

– Vuoi provare?

– Cos'hai... detto?

– Hai voglia di guidare?

Il cuore dentro al petto cominciò a picchiare come il treno, *bum bum bum* come quando dài vapore, le mani presero a tremare, la gola aveva perso tutta la saliva, e intanto George già si spostava per lasciarmi un po' di spazio. Me la facevo sotto. Le cose da fare le sapevo, certo, perché George me le aveva spiegate mille volte una per una e perché gliele avevo viste fare, ma farle da solo non era uguale, era una cosa che ti toglieva il fiato. Mi feci coraggio, presi un respiro e regolai il vapore.

George mi guardava, sorrideva, si arricciava i baffi e faceva su e giú con la testa, e ogni tanto mi diceva come fare con le

leve, con le valvole e coi rubinetti, e piano piano mi rendevo conto delle cose che sbagliavo.
Andavamo come il vento, la prateria ci guardava passare stupita, e la locomotiva andava e si mangiava tutto, erba, campi, cose e persone. Poco a poco cominciai a mettermi tranquillo, però, e a guardarmi intorno. Il sole veniva giú, le ombre degli alberi andavano allungandosi, e dietro le colline c'era un fuoco che fumava. Non so come mai mi venne in mente casa mia, la mensola di pietra del focolare e la mano di mio padre appoggiata sopra, e la mano era come la pietra, ruvida e secca. Mi avesse visto, mio padre, si sarebbe tolto la cinghia e me le avrebbe date. Scendi subito da quella locomotiva, Billy, avrebbe detto, che c'è da pulire il porcile. Va' a mungere le mucche, Billy. Hai strigliato i cavalli? Ma mio padre non c'era, per fortuna, e io correvo nella prateria guidando un treno vero, nero e lucido come un pesce. Guardai George che rideva e si torturava i baffi e pensai, un giorno avrò anch'io dei baffi cosí, solo un po' piú lunghi. Guardai George e sorrisi, tirai il cavo e il vapore fece il fischio, e il fischio diceva sono felice.

Capitolo 48

Arrivammo a Greenville che ancora non era buio, e la gente scese, scaricò la roba e mise su le tende. Qualcuno accese un fuoco e cominciò a far da mangiare. La carne, sospesa sugli spiedi, dopo un po' mandava un profumino che ti leccavi i baffi, e sui tizzoni il grasso sfrigolava, e per il rumore che faceva sembrava che piovesse. Bob, il capomastro, si accostò al fuoco, perché là c'era piú luce e si vedeva bene, si sedette sui talloni, prese uno stecco e fece un disegno nella polvere.

– Tra qualche giorno arriveremo alla gola di Blacksnake, – disse, e con lo stecco tracciò come una strada tutta storta che a un certo punto si stringeva. – Là gli indiani potrebbero attaccarci.

La gente si accostò in silenzio, e guardava per terra con la faccia spaventata come se ci vedesse già gli indiani con le frecce e con le asce.

– Al ritmo di un miglio al giorno saremo là tra venti giorni, – disse ancora Bob, – e allora dovremo stare attenti.

Poi si alzò e con lo stecco si avvicinò al fuoco e rivoltò la cenere.

Tutti tornarono al loro posto e ripresero a mangiare e dopo cena, al saloon, Joe ricominciò la tiritera, e disse che ottanta miglia piú avanti c'era una miniera con una vena d'oro che non finiva mai, e disse che là, dopo la gola di Blacksnake, le mele sugli alberi crescevano da sole, senza bisogno di piantarli, e disse che ottanta miglia piú avanti la terra era buona da mangiare come carne macinata. Ma piú tardi, quando restammo soli io e lui davanti al focolare della sua camera, fece la faccia seria, buttò un ciocco nel fuoco e disse che la terra era carne macinata perché c'era dentro la carne degli indiani morti per colpa nostra, che pensavamo solo al treno. E quando disse cosí mi venne una cosa nello stomaco come una specie di tristezza, e non so perché, mentre guardavo il fuoco, per un momento vidi Lucy che rideva col fuocherello dei capelli che sventolava, e pensai che avevo sbagliato a venir via, pensai che dovevo restare a Blue River con lei, con Ralph e con Benny.

Capitolo 49

Il giorno dopo imparai a mettere in posizione i bulloni dentro i buchi, cosí gli operai che li avvitavano andavano piú veloci. Mi dicevano bravo, e io ero contento di servire a qualcosa anche se ero solo un ragazzo. Mi piaceva stare in mezzo a loro, perché eravamo tanti e ci davamo tutti da fare come un mucchio di formiche, e io ero come loro, proprio come loro, perché loro si sentivano soli e pensavano alle mogli e io pensavo a Lucy. E se ti guardavi un poco intorno, ti accorgevi che tutte quelle formiche erano emigranti, contadini, cercatori d'oro, venditori di pellicce, maniscalchi, e tutti si davano da fare per far andare il treno e la fortuna.
Coi secchi vuoti in mano passai a salutare George e a guardare un po' la locomotiva, e ogni volta che la vedevo mi andava via la saliva e pensavo, un giorno sarò un macchinista anch'io, ci puoi giurare. Stava pulendo il tender del carbone con la spazzola, George, e stava dentro una nube di polvere nera.
– Ciao, George, – gli feci, – come va?
Fermò la spazzola ed emerse dalla nube.
– Tutto bene, ragazzo, e tu?
– Io sono contento che vogliamo costruire tutti la ferrovia.
– Magari fossimo tutti d'accordo, Billy!

– E chi è che non è d'accordo?
– Un sacco di gente, Billy.
– Chi?
George allora si pulí la faccia con la mano, sputò nel prato e disse che c'erano quelli della Well's Fargo, quelli delle diligenze, che non volevano, che non erano d'accordo e dicevano che non si poteva fare, una ferrovia cosí, da un mare all'altro come fosse un gioco. E poi c'erano quelli dei battelli del Mississippi, che dicevano lo stesso e cercavano di rallentare i lavori in tutti i modi. Per non parlare degli indiani, disse, che erano trecentocinquanta tribú e non vedevano l'ora di farci lo scalpo.
Salutai George e me ne tornai a prendere bulloni prima che Bob mi vedesse, e pensai che non era vero, che invece la ferrovia da un mare all'altro si poteva fare.

Capitolo 50

E invece noi avanzavamo di un miglio al giorno, a volte pure un miglio e mezzo, lo sapevo, e i livellatori di terreno che andavano avanti ci preparavano la strada prima che arrivassimo, anche cinquanta miglia prima. E, quando arrivavamo, l'erba era già spianata e la terra era liscia come le assi del pavimento del saloon.

E ancora piú avanti c'erano quelli che facevano il lavoro piú pericoloso, che mica è facile far brillare le mine e fare i buchi nelle montagne con la dinamite.

Lavorammo tutta la mattina e poi nel pomeriggio arrivarono degli irlandesi, e il cuoco disse a Bob il capomastro che eravamo troppi e che non c'era abbastanza cibo per tutti, adesso, e infatti mi ero accorto che già da qualche giorno il cuoco ci dava meno pancetta e carne. Quando il cuoco disse cosí, dalla rabbia Bob si strappò il cappello dalla testa, lo buttò nella polvere e ci saltò su a piedi uniti, e la faccia gli diventò tutta rossa, e chiamò in causa nostro Signore e gli disse delle cosacce come se gli irlandesi li avesse mandati lui.

Gli irlandesi non fiatavano.

Uno di loro disse che non mangiavano poi tanto.
Un altro disse che era a dieta.
Dopo aver pestato per bene il suo cappello, Bob si calmò e fece mandare un telegramma a quelli di Kansas City che gli vendevano la carne, e quelli di Kansas City, dopo tre giorni che stavamo a stecchetto, gli mandarono un tipo di ventun anni coi baffi e col pizzetto, che arrivò a cavallo pulito e profumato come un principino, e aveva una giacca di pelle di daino con le frange che gli pendevano dalle maniche come la criniera di un cavallo, e sparava bene col fucile, e disse di stare tranquilli, che ci pensava lui a procurare carne a tutti quanti. Quando scese da cavallo gli operai scoppiarono a ridere a piú non posso, perché si vedeva lontano un miglio che quel damerino là non era abituato a procurarsi da mangiare.
Ma lui non ci badò, e saltò di nuovo in sella in un momento. Montò in sella come se salisse sopra un trono, montò in sella e andò a cercar bufali. Si chiamava William Cody e dopo un po' tornò e mandò un carro a prendere le carcasse dei bufali che aveva beccato. Per cinquecento dollari al mese William Cody procurò la carne a tutti gli operai, e nelle ciotole la pancetta era sempre poca, certo, ma di carne adesso ce n'era quanta ne volevi.
Un giorno, per dire, dalle parti del cantiere passò una mandria di dodici bufali, e subito alcuni operai presero i fucili ma, prima che riuscissero a far partire un solo colpo, William Cody saltò in groppa al suo cavallo e col Winchester fece fuoco dodici volte, e ogni volta fece centro. E tornò indietro

che nemmeno era sudato. Quella sera, mentre mangiavamo e facevamo festa intorno al fuoco, ci disse che William Cody era il suo vero nome, certo, ma che tutti ormai lo chiamavano Buffalo Bill.

Capitolo 51

Buffalo Bill al mattino era pronto per ultimo, quando tutti gli altri erano già al lavoro da un pezzo, perché dormire gli piaceva un sacco. E anche perché ci metteva una vita, a prepararsi. Ogni mattina, appena alzato, si faceva riempire un bidone di ferro con l'acqua riscaldata e ci entrava dentro tutto nudo e col sigaro tra i denti. Poi si strofinava con calma con un sapone francese che nell'acqua faceva una schiuma giallina e faceva intorno profumo di ciclamino, si sciacquava, usciva dal bidone, stendeva un asciugamano nella polvere, ci si sdraiava sopra soddisfatto e si asciugava al sole per prendere quel bel colorito biondo dorato che aveva solo lui. Anche gli operai, a furia di lavorare sotto il sole, erano abbronzati, anch'io ero abbronzato, ma noi eravamo scuri di un'abbronzatura marroncina, quasi grigia, come fatta col carbone, non come la sua, che sembrava fatta con il miele.
Restava sdraiato al sole in quella posizione una mezz'ora buona, Buffalo Bill, a volte anche di piú e poi, quand'era perfettamente asciutto, si alzava, prendeva il pettine di osso di bufalo e cominciava a pettinarsi. Pettinava i capelli lunghi e biondi, pettinava i baffi e il pizzetto, pettinava la criniera e la coda del cavallo, pettinava le frange della giacca e, quando

finalmente aveva finito di pettinare tutto quello che c'era da pettinare, si vestiva, s'infilava gli stivali, si metteva il cappello con le falde larghe larghe che sembrava un sombrero messicano, si sedeva su una pietra e si metteva a passare l'olio sul fucile.
Allora tutt'intorno calava il silenzio.
Quando Buffalo Bill passava l'olio sul fucile era uno spettacolo.
Ti incantava.
Piú che un cacciatore col Winchester in mano, sembrava un orologiaio alle prese con un orologio antico. Prima ungeva lo straccio con l'olio che teneva in una minuscola bottiglietta di vetro, e poi lo passava su e giú sulla canna, sul cane e sul grilletto, lentamente, come una carezza, e mentre oliava diceva qualcosa sottovoce, mormorava parole incomprensibili, come una preghiera, come se al fucile gli parlasse. Io lo guardavo oliare il fucile e pensavo a cosa avrebbero detto Ralph e Benny, a vederlo là a quattro passi come lo vedevo io.

Capitolo 52

Buffalo Bill ci procurava da mangiare e Joe ci diceva le parole per immaginare cose belle, e tutti e due ci davano la forza per andare avanti, ma a volte lo stesso la forza mi mancava, perché pensavo a mia madre, a mio padre, a mio fratello e a Lucy. Allora, per distrarmi, andavo a caccia di lepri con la fionda in mano ma, anche quando andavo a prender lepri, la fionda mi faceva pensare a Ralph e a Benny, e allora lasciavo perdere le lepri e andavo da George a parlar di treni.

– Ciao, George, – gli facevo, – posso chiederti una cosa?

– Dimmi, ragazzo.

– Dici che ce la faremo a far andare il treno da un mare all'altro?

– Tremila miglia da un oceano all'altro, ci pensi, Billy, ci pensi? – faceva lui.

– Ma ce la faremo?

– Stai scherzando, Billy? Ce la faremo sí!

– Ce la faremo di sicuro! – disse una volta. Mi girai e vidi Joe che arrivava, masticava tabacco e già faceva il tic del bacio e quello della lacrima. Camminava con quella sua andatura lenta, con le borchie degli stivali che brillavano a ogni passo.

– Ce la faremo di sicuro, – ripeté con la voce ora piú bassa, e mi appoggiò una mano sulla spalla, e per un po' la lasciò là. E dopo disse che era difficile, il lavoro che dovevamo fare, che la strada era tanta e che sarebbe stata dura, ma che ce l'avremmo fatta.

– E gli indiani? – chiesi. – Come faremo con gli indiani, Joe?

Allora Joe rispose che lui non era come Bob, che gli indiani li voleva tutti morti. Disse che lui invece pensava che, anche se era difficile parlare con gli indiani che parlavano milleduecentocinquanta dialetti diversi, lo stesso ci dovevamo provare.

– Col sangue non si costruisce niente, – disse alla fine, e dopo mi tolse la mano dalla spalla, e quando la tolse mi lasciò un vuoto dentro al cuore.

Insieme a George ascoltavo Joe che diceva tutte quelle cose e non capivo piú se quello che diceva mi piaceva. Gli indiani, avevo visto che ci uccidevano e ci prendevano gli scalpi, e pensavo al disegno che aveva fatto Bob con lo stecco nella polvere, il disegno della gola dove il giorno dopo dovevamo passare con la carovana e con il treno, e pensavo a quello che diceva Bob, che con gli indiani non c'era da parlare, c'era solo da sparare.

Capitolo 53

Alla fine della giornata Bob annunciò che il giorno dopo si partiva appena spuntava il sole e disse a tutti di preparare i carri. Fece una pausa e poi ricominciò:

– E ricordatevi di tenere gli occhi aperti quando arriveremo a quella maledetta gola!

Andavamo a Starville, e per farlo c'era da passare per la gola di Blacksnake. La sera tutti si misero a preparare i carri per la partenza del giorno dopo, e compravano la farina all'emporio e ci facevano il pane. E facevano scorta d'acqua, e chi era bravo a farlo sistemava i ferri dei cavalli e ungeva le ruote dei carri che faticavano a girare. E c'era chi comprava frutta secca, fagioli secchi, caffè, riso, aceto, senape, sale, semi, chiodi. E, come medicina da portarsi dietro, qualcuno comprava un quarto d'olio di ricino, un quarto di rum e un bel po' di menta piperita.

Anch'io coi soldi che avevo guadagnato comprai un po' di frutta secca e dei fagioli, e misi tutto nel mio sacco con la fionda, e dopo me ne andai a dormire.

Dormire dormii, ma nella baracca feci un brutto sogno.

Un sogno terribile.

Gli operai accesero la lanterna, allora, mi svegliarono e mi chiesero cosa stavo sognando, e dissero che nel sonno urlavo come un matto e mi diedero un po' d'acqua da bere. Io il sogno non lo raccontai, perché era troppo brutto, e il cuore mi batteva forte, e mentre bevevo, avevo l'acqua che mi tremava nel bicchiere.

Quando mi calmai spensero la lanterna e si riaddormentarono tutti, e io soltanto non dormivo, e non riuscii a dormire piú, e nel buio della capanna pensavo sempre alle cose che avevo sognato e che facevano paura.

Capitolo 54

La mattina dopo ci mettemmo in moto appena spuntò il sole. Di nuovo sentivi le fruste che schioccavano, le ruote che cigolavano, il fumaiolo della locomotiva che fumava, e sapevamo tutti che ci aspettava la gola dove forse c'erano gli indiani.

La strada era secca, ma senza polvere. Era tutta sassi piccoli, che sotto le ruote e sotto gli zoccoli scricchiolavano come un continuo lamento. Sembrava che qualcuno piangesse da sotto terra. Stavamo tutti pronti coi fucili in mano, e io in mano avevo la mia fionda, e a un certo punto scesi dal carro a fare scorta di sassi. Coi sassi accanto mi sentivo piú tranquillo, e mi guardavo attorno attento, e vidi che, mano a mano che ci avvicinavamo alla gola, la strada si stringeva tra due file di colline sempre piú alte.

Alla gola ci arrivammo verso mezzogiorno, e c'era un sole che se guardavi in alto ti accecava, e anche se stringevi gli occhi non potevi vedere se lassú c'era qualcuno.

E poi gli indiani arrivarono a cavallo, e urlando scesero nella gola come nel sogno, proprio come nel sogno, e lanciarono frecce come se piovesse. E anche se eravamo già pronti coi fucili in mano, solo in tre o quattro riuscirono a sparare, e chi sparava piú di tutti era Buffalo Bill. Per conto mio, dallo spavento non riuscii neppure a prendere la fionda.

Quando gli indiani se ne andarono, per terra erano stesi indiani, cowboy, cercatori d'oro, commercianti di pellicce, maniscalchi e falegnami, ed erano tanti, che a guardarli la testa ti girava.

E là in fondo c'era Joe, sdraiato come nel sogno, sdraiato come se prendesse il sole, e le borchie degli stivali scintillavano al sole come stelle.

Mi avvicinai e vidi che nel petto aveva una freccia che spuntava. Mi accovacciai e gli presi una mano. Sorrise, ma non guardava dove stavo io, guardava un po' piú in là, come fosse cieco. Gli usciva sangue dalla bocca e gorgogliava come una fontana. Parlò a fatica, senza fiato, e sorridendo disse che era contento di quello che aveva fatto nella vita, ed era contento che la ferrovia avanzava e che nelle città le case venivano su come le piante, e gli dispiaceva solo il male che facevamo noi agli indiani. Poi ebbe come un brivido e se ne restò fermo là sdraiato sotto il sole, con gli occhi fissi e col sorriso sulle labbra, con quella freccia che gli spuntava dal petto come una spiga.

Capitolo 55

La sua fossa la scavai da solo, non volli nessuno ad aiutarmi, e col badile cacciai via tutti quelli che volevano prendere i suoi stivali. Quando lo mettemmo dentro lo guardai bene, Joe, e non mi sembrava vero che se n'era andato, e cominciai a piangere. Mentre piangevo mi venne voglia di mandargli un bacio, e senza vergognarmi lo mandai, e pensai che col tic della lacrima e con quello del bacio Joe aveva sempre fatto come fa la vita, che fa piangere e baciare. E poi pensai che i morti erano tutti uguali, i nostri e i loro, i bianchi e i rossi, e pensai che, anche se il treno mi piaceva, io agli indiani la guerra non l'avrei fatta mai, perché non era giusto e perché neanche Joe voleva farla. Pensai che avrei imparato la lingua degli indiani, che avrei trovato le parole giuste, che avrei parlato anche con loro e li avrei convinti che i bianchi e i rossi insieme potevano fare l'America piú grande e piú bella.

E dopo aver seppellito i morti, anche se eravamo tristi ci mettemmo tutti quanti a lavorare, che il binario lo stesso doveva andare avanti. E io presi i secchi coi bulloni e li riempii piú delle altre volte, che il peso dei secchi era meno del peso della pietra che avevo sopra al petto.

Quando suonò la campana della fine del lavoro buttai via i

secchi dei bulloni e camminai veloce per un bel po' con le mani in tasca, da solo, e dopo cominciai a correre, e corsi fino a quando il cuore mi scoppiava, e andai dove nessuno mi vedeva, nella prateria, e là mi buttai per terra, e buttai la faccia in mezzo all'erba e urlai con tutta la mia voce. Rimasi là un bel pezzo, non so dire quanto, poi mi alzai e andai a cercare George, e George era là che puliva come sempre la locomotiva.

Senza che mi vedesse lo osservai da lontano, guardai lui, guardai la locomotiva, guardai tutto.

Il faro a petrolio.

Il cacciapietre davanti.

La ciminiera a forma di cipolla per arrestare le scintille di fuoco.

La cupola col cappuccio di ottone che aveva dentro la sabbia.

La campanella dal suono dolce.

Rimasi a guardare un bel po', seduto dietro una pianta. Cominciava a fare buio, e George era sempre là che lucidava la caldaia, e la caldaia era nera e lucida come la pancia di un cavallo. Pensai, chissà se un giorno rivedrò Lucy e Ralph e Benny. Guardai il cielo blu che diventava nero e che era lungo come la prateria, e dopo, da lontano, guardai George, che sotto la lanterna accesa lucidava ancora la caldaia, e pensai che un giorno di sicuro avrei guidato un treno anch'io, perché guidare il treno era il lavoro piú bello che uno poteva fare. E poi pensai che invece c'era un lavoro ancora piú bello che guidare un treno, allora mi alzai e di corsa andai al saloon, montai in piedi su una sedia e, con le lacrime che mi bagnavano la faccia, cominciai a parlare forte, e ad alta voce raccontai a tutti che ottanta miglia a ovest c'era un posto dove il cielo era piú blu degli altri cieli, e l'erba era morbida come un tappeto, e c'era la terra che se sputavi ci cresceva l'insalata.

Le prime locomotive attraversarono fiumi, montagne e deserti e rappresentarono una formidabile speranza di rivoluzione tecnologica e di ricchezza.

Agli inizi del XVI secolo, quando giunsero i primi coloni europei, il Nordamerica era abitato da circa un milione di pellerossa raggruppati in quattrocento tribú e circa trecento famiglie linguistiche. Nelle fertili regioni orientali vivevano tribú di agricoltori sedentari, come gli Irochesi e i Cherokee; anche le calde terre del Sudovest erano abitate da popoli di agricoltori, come i Navajo e gli Hopi. Piú dure, invece, le condizioni di vita delle tribú sparse nei deserti dell'Ovest, dove la principale fonte alimentare era costituita da radici e tuberi. Ancora piú a ovest le tribú indiane si dedicavano soprattutto alla pesca del salmone e alla caccia, ma il gruppo piú numeroso di tribú era nelle grandi praterie centrali, dove vivevano Sioux, Cheyenne, Comanche e altri.

Questi indiani nomadi cacciavano negli sterminati spazi della prateria daini, antilocapre, ma soprattutto bufali. Dai bufali, infatti, gli indiani delle praterie ricavavano quasi tutto il necessario per vivere. Quando i bianchi penetrarono nella regione delle praterie praticarono una caccia spietata ai bufali, che diminuirono rapidamente di numero e rischiarono di estinguersi. I cacciatori

bianchi contribuirono cosí all'estinzione dei popoli pellerossa, che non potevano vivere senza questi animali.
Ma lo sterminio dei popoli indiani fu portato a termine soprattutto dagli eserciti americano e inglese che, pur di espandersi all'interno del Nordamerica, cacciarono i nativi americani dalle loro terre e proprietà, compiendo veri e propri massacri senza risparmiare donne e bambini. I pellerossa vennero letteralmente annientati attraverso uno spietato genocidio.
Oggi gli indiani non formano piú una nazione, non sono piú un popolo padrone della terra in cui vive, capace di esprimere una sua cultura e una sua civiltà. Una parte di essi si è integrata completamente nella civiltà bianca, mentre un'altra vive in alcune centinaia di riserve sparse nel territorio statunitense e in quello canadese.
Fonte: http://ildocumento.it/storia/lo-sterminio-degli-indiani-damerica-atlantide.html

Basandosi sulle stime di un censimento del 1894, lo studioso Russell Thornton ha estrapolato alcuni dati essenziali: in particolare, dal 1775 al 1890 almeno 45mila nativi americani e 19mila bianchi avrebbero perso la vita. La stima include anche donne, vecchi e bambini, poiché i non combattenti spesso perivano durante gli scontri di frontiera, e la violenza dei combattimenti non permetteva di risparmiare, né da una parte né dall'altra, le vite dei civili.
Fonte: Russell Thornton, American Indian Holocaust and Survival: A Population History since 1492, University of Oklahoma Press, 1987.

William Frederick Cody, detto Buffalo Bill, è veramente esistito e veramente fu incaricato dalla Union Pacific di uccidere i bufali per rifornire di carne gli operai addetti alla costruzione della ferrovia e velocizzare le attività di sgombero dei binari in costruzione.
Anche uomini come Joe sono veramente esistiti, sono stati dipendenti della Union Pacific e, con le loro migliori parole, provarono a incantare i primi coloni per spingerli alla conquista del West.

Vedi anche:

Dee Brown, *Un fischio nella prateria*, Mondadori, Milano 1980

http://www.farwest.it/

Ringraziamenti

A Orietta, Gaia, Silvia e a tutto il team che, come Billy con Joe, si sono lasciati affascinare dalle mie parole.
A Marianna, che ha accompagnato questo libro con grande entusiasmo.

Indice

p. 9 Capitolo 1
11 Capitolo 2
13 Capitolo 3
16 Capitolo 4
18 Capitolo 5
20 Capitolo 6
22 Capitolo 7
24 Capitolo 8
26 Capitolo 9
28 Capitolo 10
30 Capitolo 11
32 Capitolo 12
34 Capitolo 13
36 Capitolo 14
38 Capitolo 15
40 Capitolo 16
43 Capitolo 17
45 Capitolo 18
47 Capitolo 19
49 Capitolo 20

51 Capitolo 21
53 Capitolo 22
55 Capitolo 23
57 Capitolo 24
59 Capitolo 25
62 Capitolo 26
64 Capitolo 27
66 Capitolo 28
68 Capitolo 29
70 Capitolo 30
72 Capitolo 31
74 Capitolo 32
76 Capitolo 33
78 Capitolo 34
80 Capitolo 35
82 Capitolo 36
85 Capitolo 37
87 Capitolo 38
90 Capitolo 39
92 Capitolo 40
94 Capitolo 41
96 Capitolo 42
98 Capitolo 43
100 Capitolo 44
102 Capitolo 45
104 Capitolo 46
106 Capitolo 47

108 Capitolo 48
110 Capitolo 49
112 Capitolo 50
115 Capitolo 51
117 Capitolo 52
119 Capitolo 53
121 Capitolo 54
123 Capitolo 55

127 Cenni storici
131 Ringraziamenti

CARTA
BIANCA

CARTA BIANCA

Pina Varriale, *L'ombra del drago*
Davide Morosinotto, *Il Libero Regno dei Ragazzi*
Guido Sgardoli, *Demoni e predoni*
Michela Turra, *Il mondo nel palazzo*
Mario Pasqualotto, *L'estate delle falene*
Alessandro Gatti, *Quaranta gradi*
Zita Dazzi, *Luce dei miei occhi*
Barbara Baraldi, *Un sogno lungo un'estate*
Elisa Puricelli Guerra, *Cuori di carta*
Mario Corte, *Serie A*
Tommaso Percivale, *Ribelli in fuga*
Pierdomenico Baccalario, *Lo spacciatore di fumetti*
Lorenza Bernardi, *In punta di dita*
Luca Cognolato e Silvia del Francia, *L'eroe invisibile*
Christian Hill, *Il volo dell'* Asso di Picche
Luca Blengino, *Sfida al buio*
Annalisa Strada, *L'isola dei libri perduti*
Sonia Elisabetta Corvaglia, *Le farfalle indiscrete*
Lorenza Bernardi, *Cattive*

Elisa Puricelli Guerra, *L'equazione impossibile del destino*

Nicoletta Bortolotti, *In piedi nella neve*

Tommaso Percivale, *Messaggio dall'impossibile*

Francesco D'Adamo, *Storia di Iqbal*

Antonio Ferrara, *80 miglia*

Finito di stampare nel mese di aprile 2015
per conto delle Edizioni EL
presso Grafica Veneta S.p.A., Trebaseleghe (Pd)